어른의
문해력

일러두기

· 이 책은 어른의 문해력을 키우는 최적의 훈련법을 PT 형식으로 제공합니다. 훈련 난이도는 아령 개수로 표시했습니다.
· 책에 실린 단행본, 칼럼 등의 출처는 각주와 〈참고자료〉에서 밝히고 있습니다. (최대한 인용을 허가받고자 노력했습니다. 혹시 누락이 있다면 알려주시기 바랍니다.)
· 본문에 나오는 어휘의 뜻풀이는 대부분 국립국어원 표준국어대사전을 따랐습니다.

어른의 문해력

나도 쓱 읽고 싹 이해하면 바랄 게 없겠네

김선영 지음

블랙피쉬
Black Fish

읽어도 남는 게 없는 어른이라면?
당신은 문해력 트레이닝이 필요하다!

　생각을 명료하게 글로 표현하기 어렵다고요? 당신만의 고민은 아닙니다. 특히 문서 작업이 잦은 학교나 직장에서 문장력이 약하면 성적, 성과뿐만 아니라 자신감까지 떨어집니다. 조금이나마 도움이 됐으면 하는 바람으로 전작 《나도 한 문장 잘 쓰면 바랄 게 없겠네》를 출간했습니다. '하루 15분, 21일 글쓰기 훈련'을 제공하는 이 책을 읽고 용기를 내어 블로그를 만들고 꾸준히 글쓰기 훈련을 하고 있다는 독자들의 소식을 들었어요. 회사 업무를 할 때 많은 보탬이 됐다, 브런치 작가에 칠전팔기하여 통과했다, 아픈 상처를 차분히 글로 풀어내면서 마음이 치유됐다는 고백도 이어졌습니다. 글쓰기가 지닌 놀라운 힘을 느낀 시간이었습니다.

책 속 커리큘럼을 바탕으로 글쓰기 모임도 진행했는데요. 헬스장에서 트레이너에게 PT(Personal Training, 개인 강습)를 받듯, 글쓰기 코치 '글밥'이 매일 글쓰기 과제를 내어주면 각자 블로그에 글을 쓰는 형식이었습니다. 그런데 생각지 못한 문제가 불거졌어요. 주제에 맞지 않는 엉뚱한 글을 쓰는 사람이 보이기 시작한 것이죠. 알고 보니 과제 지문의 맥락을 제대로 파악하지 못해서 생긴 일이었습니다.

독서 모임을 할 때도 비슷한 상황이 벌어졌습니다. 말랑말랑한 에세이나 소설이 아닌 인문·역사 분야 책을 토론 주제로 선정하니 "책이 너무 어렵다", "무슨 말인지 이해가 잘 안된다", "글이 잘 안 읽힌다" 등 고충을 토로하는 이들이 나타난 것이죠.

글을 꾸준히 쓰는 것만으로는 부족했습니다. 다음 단계로 나아가려면 글을 읽고 꼭꼭 씹어 제대로 소화하는 힘, '튼튼한 문해력'이 필요했습니다. 읽기와 쓰기는 젓가락 두 짝처럼 함께 가야 합니다.

🖋 문해력의 중요성을 알리려고 쓴 책은 아닙니다

문해력이란 글을 읽고 해석하는 힘, 나아가 문장 속에 숨어 있는 맥락을 찾아내고 내 글로 확장하는 능력을 포함합니다. 한동안 '요즘 아이들'의 문해력이 너무 떨어진다며 우려의 목소리가 높았는데요. 최근에는 "학생만의 문제가 아니다, 어른도 문해력이 낮아 소통하기가 힘들다"라는 반성이 고개를 들었습니다.

문해력이 중요하다는 사실은 모두가 공감합니다. 다만, 어떻게 해야 문해력이 높아지는지 그 방법을 몰라 몇 년째 헤매고 있을 뿐이죠. 책을 가까이하고 싶어도 책만 펼치면 졸음이 쏟아지고 잘 읽히지 않으니 괴롭습니다.

헬스장에 아무리 많은 최신 운동기구가 놓여 있어도 사용법을 모르면 무용지물입니다. 대충 사람들 눈치나 보며 기구를 만지작거리다가 운동을 끝내죠. 자신이 운동을 제대로 했는지, 흉내만 냈는지조차 알지 못하고 그저 운동했다는 '기분'만 냅니다.

이때 전문가에게 PT를 몇 번 받으면 감이 옵니다. 전문가는 정확한 기구 사용법을 가르쳐주고 잘못된 자세를 교정해줍니다. 나에게 맞는 중량이 어느 정도인지, 몇 세트를 반복해야 효과적인지 알려줍니다. 포기하려고 할 때면 옆에서 "조금만 더!"를 외치며 의지를 북돋아주기도 하고요.

문해력도 이처럼 훈련하면 어떨까요. 말로는 누구나 백날 독서가 중요하다, 꾸준히 책을 읽으라 할 수 있습니다. 중요한 건 행동입니다. 이제는 눈으로만 읽고 기분만 내는 독서는 끝내야 합니다. 구체적인 방법을 배우고 실천할 때입니다.

글밥 코치의 문해력 PT는 총 다섯 단계로 구성돼 있습니다.

본문 1장에서는 본격적인 훈련에 들어가기 전, 몸을 이완하고 마음의 준비를 합니다. '나는 왜 하는 일마다 잘 안되는 걸까' 푸념을 자주 한다면 낮은 문해력 때문일지도 모릅니다. 그 이유를 짚어드리죠. 간단한 테스트도 준비했습니다. 당신의 문해력 체급이 어느 정도인지 알아봅니다.

2, 3, 4장에서는 문해력을 이루는 세 가지 근육을 알아보고 키우는 훈련을 하는데요. 문해력의 토대가 되는 어휘 근육, 맥락이 있는 긴 글을 포기하지 않고 읽는 기술인 독서 근육, 읽고 소화한 내용을 내 방식으로 재창조해내는 구성 근육을 각 장에서 집중 훈련을 합니다. 문해력 PT는 주 3회 8주 완성 프로그램으로 매번 미션을 드립니다. 각자의 수준에 맞게 시도하게끔 중량으로 난이도를 나누어놓았으니 걱정할 필요 없습니다. 책을 읽고 그대로 따라 하면서 읽고 쓰기를 동시에 하는 훈련이죠.

마지막 5장에는 모든 PT를 마친 후 문해력이 얼마나 향상했는지 직접 확인해보는 시간, 문해력 체력장을 마련했는데요. 각 근육량을 측정하여 부족한 부분을 스스로 깨닫고 책을 덮은 후에도 집중 훈련을 하도록 이끌어줍니다.

이 책에서 요구하는 독서는 즐거움과는 거리가 멉니다. 오히려 괴로운 경험에 가까울지도 모릅니다. 스키를 즐기려면 초반에는 엉덩방아도 찧고 온몸에 멍이 들면서 눈밭을 수십 번은 굴러야 하잖아요. 그러면서 덜 넘어지는 자세, 속도를 조절하면서 타는 방법을 체득하죠. 문해력 PT는 멍이 들고 구르는 과정입니다. 고통스럽지 않게 어떤 기술을 익히거나 학습하는 일은 반복 숙달을 요구하는 뇌의 특성상 불가능에 가깝습니다. 그런 일이 있다고 누가 말하거든 반드시 의심하세요. 험난한 과정을 거쳐야 비로소 몸이 기억합니다. 당신의 기꺼운 독서는 그렇게 시작할 것입니다.

13년 동안은 방송을 위한 글을 쓰면서 '작가'라는 정체성으로 살았는데 2년 전 '글쓰기 코치'라는 새로운 캐릭터를 얻었습니다. 문장력과 문해력을 PT 형식으로 기획·제안하고 독자의 손에 닿도록 힘써주신 블랙피쉬 식구들께 감사드립니다. 마지막으로, 내가 쓴 책의 첫 독자로 조언과 응원을 아끼지 않는 글밥 코치의 열혈 팬, 나의 반려자에게 고마움을 전합니다.

1장

스트레칭

문해력 PT에 들어가기 전에

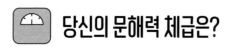

당신의 문해력 체급은?

글밥 코치의 문해력 PT에 등록하신 여러분, 환영합니다. 저를 찾아오신 분이라면 평소 아래와 같은 증상이 하나는 있었을 거예요.

1. 책만 열면 하품이 나오고 10분 이상 집중하기가 어렵다.
2. 매년 독서 계획을 세우지만 실패했다.
3. 책을 읽어도 내용을 금방 잊어버리거나 남는 게 없다.
4. 직장에서 동료들과 소통하거나 문서를 작업하는 일이 힘들다.
5. 자녀에게 독서 습관을 길러주고 싶은데 나조차 잘 안되니 답답하고 부끄럽다.

몇 개나 해당하나요? 모두 문해력 근육이 부족해서 생기는 현상입니다.

본격적으로 훈련에 들어가기 전에 해야 할 일이 있는데요. 당신의 문해력 체급을 측정해보겠습니다. 긴장된다고요? 잘 따라가지 못하면 어쩌나 미리 겁먹을 필요 없습니다. 이 책에 담은 문해력 PT는 모두가 할 만하도록 난이도(중량)를 구분해놓았으니까요. 문해력 체급을 측정하면 나에게 특히 부족한 근육이 무엇인지 알 수 있습니다. 어떤 근력을 집중적으로 키워야 할지 체계적으로 훈련 계획을 세울 수 있겠죠.

문해력 체급을 결정짓는 근육은 크게 세 가지입니다. 어휘 근육, 독서 근육, 구성 근육인데요. 각각의 양을 확인해서 체급을 나눕니다. 먼저, 어휘 근육량을 측정해보겠습니다.

어휘력 부문 ✏️

1 다음 중 뜻을 아는 단어는 몇 개인가요? 체크하고 뜻을 써보세요.

(각 1점, 7점 만점)

□ 향유하다 _____

□ 반추하다 _____

□ 핍진하다 _____

□ 이울다 _____

□ 달뜨다 _____

□ 자별하다 _____

□ 진작하다 _____

2 동사 '차리다'에는 여러 가지 뜻이 있습니다. 아래 예시를 참고하여 각각의 뜻에 적합한 예문을 지어보아요. (각 1점, 5점 만점)

예) 음식 따위를 장만하여 먹을 수 있게 상 위에 벌이다.
 → 저녁을 차려 먹었다.

① 기운이나 정신 따위를 가다듬어 되찾다.

→ _____

② 마땅히 해야 할 도리, 법식 따위를 갖추다.

→ _____

③ 어떤 조짐을 보고 짐작하여 알다.

→ _____

④ 살림, 가게 따위를 벌이다.

→ _____

⑤ 자기의 이익을 따져 챙기다.

→ _____

1 · **향유하다**(동사): 누리어 가지다

· **반추하다**(동사): 한번 삼킨 먹이를 다시 게워 내어 씹다 / 어떤 일을 되풀이하여 음미하거나 생각하다

· **핍진하다**(동사): 재물이나 정력 따위가 모두 없어지다

(형용사): 실물과 아주 비슷하다 / 사정이나 표현이 진실해 거짓이 없다

· **이울다**(동사): 꽃이나 잎이 시들다 / 점점 쇠약하여지다 / 해나 달의 빛이 약해지거나 스러지다

· **달뜨다**(동사): 마음이 가라앉지 아니하고 조금 흥분되다 / 열기가 올라서 진정하지 못하다

· **자별하다**(형용사): 본디부터 남다르고 특별하다 / 친분이 남보다 특별하다

· **진작하다**(동사): 떨쳐 일어나다. 또는 떨쳐 일으키다 / 제사 때에, 술잔을 올리다

2 **아래와 비슷하게 작성했다면 정답 처리**

① 어서 기운을 차려봐.

② 처음 볼 때는 꼭 예의를 차려야 한다.

③ 눈치가 빠른 그는 낌새를 차렸다.

④ 그는 퇴사하고 회사를 차렸다.

⑤ 자기 욕심만 차리는 사람은 멀리해라.

어휘력 체급 12점 만점

· 3급: 6점 이하
· 2급: 7~9점
· 1급: 10점 이상

다음은 독서 근육입니다.

독서력 부문

1 지난 3년 동안 한 해 평균 책을 몇 권이나 읽었나요?

2 다음은 글밥 코치가 최정규 변호사의 책《불량 판결문》을 읽고 쓴 서평
일부입니다. 잘 읽고 글 아래 물음에 답하세요. (읽는 시간 4분)

> 뉴스를 보다가 종종 혈압이 올라 TV를 꺼버릴 때가 있다. 끔찍한 아
> 동학대, 성폭행, 살인까지. 중범죄에 내려진 깃털처럼 가벼운 형량.
> 술을 먹었다고 벌을 깎아주는(?) 심신 미약 감경까지. 피해자보다
> 가해자의 손을 들어주는 듯한 일부 법원 판결에 누구나 분노를 한 번

쯤은 느껴봤을 것이다.

그래서일까, 나는 평소 법원에 불신이 컸다. 법적 문제에 휘말리지 않는 편이 최선이라고 생각했다. 안타깝게도 이 책을 읽고 믿음은 더 굳어졌다. 많이 바뀌었다고 하지만 아직까지는 법보다 돈이 강하구나, 법망에 구멍이 많구나 하는 어두운 진실을 마주했다. 《불량 판결문》은 최정규 변호사가 작정하고 법원을 비판하는 책이다. 저자는 공익 법무관을 마치고 대한법률구조공단 소속 변호사를 거쳐 개업한 변호사로 15년 동안 법조계에 몸을 담았다.

흔히 법은 국회에서 탄생한다고 알고 있지만, 법이 정착하는 데에는 법원의 역할이 컸다. 한번 내린 판결은 판례로 남고, 후에 발생하는 판결에 지속적으로 영향을 미치기 때문이다. 게다가 국민이 요청해서 법안이 마련되어도 국회 논의 과정에 쓰레기통에 처박히기 일쑤였다. 국회에서 계류된 법안 중 실제 법으로 탄생하는 비율은 10%대에 머문다고 한다.

상대방과 '소액'의 금전적인 문제가 얽혔을 때 소송을 해서 질 경우, 법적으로 "왜 그런 판결이 났는지 이유를 밝히지 않아도 된다"고 한다. 여기서 말하는 소액은 놀랍게도 3천만 원. 금전적으로 억울한 피해를 입어도 3천만 원이 넘지 않는 금액이면 항소하기 힘들다는 것이다. 왜냐고? 이유를 알아야 항소를 할 것 아닌가!

'소액사건'을 따로 분류하는 이유는 사법부 인력이 부족해서라고 했다. 그런데 소액사건이 **민사소송**의 71%를 차지한다고. 소액으로 싸우는 사람들은 한 푼이 아쉬운 저소득층 아닐까. 정작 법이 필요한 이들의 권리 구제가 무시되고 있다.

저자는 실제 재판에서 내려진 다양한 '불량 판결문'을 소개하며 법의 허점과 법원의 부당한 행각을 낱낱이 밝힌다. 그는 '불량 판결문'을 줄이는 방법, 즉 대안으로 법원의 핵심 구성원 법관의 선발과 평가, 해임 전 과정에 국민의 의견이 반영되어야 한다고 주장한다. 미국에서 주 법원은 법관 선거제가 일반적이라고 한다.

→ **윗글과 맞는 내용을 모두 고르세요.**

① 글밥 코치는 법원에 대한 불신이 다소 해소되었다.

② 저자는 15년 동안 법조계에 몸을 담은 판사이다.

③ 3천만 원 이하 소액사건은 항소가 금지되어 있다.

④ 저자는 국민이 법관 선정에 참여하면 불량 판결문이 줄어들 것으로 보고 있다.

⑤ 법의 탄생과 정착은 전적으로 국회에 달려 있다.

⑥ 소액사건을 따로 분류하는 이유는 저소득층 권리 구제 때문이다.

⑦ 녹음이나 속기를 신청하면 소액사건도 항소가 가능하다.

⑧ 우리나라도 곧 미국처럼 법관 선거제를 실시한다.

⑨ 소액사건은 형사소송이 많아 항소가 쉽지 않다.

⑩ 계류된 법안이 법으로 탄생하기 힘든 이유는 사법부 인력이 부족해서
이다.

⚡ **어휘력 더하기**

색으로 표기한 법률용어를 잘 모르면 사전에서 뜻을 찾아보세요.

정답은?

1 **한국 성인의 연간 평균 독서량 4.5권 (2021년 국민 독서실태 조사, 문체부)**

· 0~3권 → 1점

· 4~10권 → 3점

· 11권 이상 → 5점

⚡ 안타깝게도 이 책을 쓰는 사이에 평균 독서량이 7.5권(2019)에서 4.5권으로
3권이나 줄었습니다. 여러분이 다시 늘려주리라 믿어요.

2 **④ (마지막 문단에서 확인!)**

· 시간 넘김 / 오답 → 1점

· 시간 지킴 / 오답, 또는 시간 넘김 / 정답 → 3점

· 시간 지킴 / 정답 → 5점

독서력 체급 10점 만점

· 3급: 2점 이하

· 2급: 3~7점

· 1급: 8점 이상

마지막으로 구성 근육량을 재보겠습니다.

구성력 부문

---

1 **다음 대화에 가장 잘 어울리는 속담은 무엇인가요?** (5점)

> **A:** 면접 본 거 어떻게 됐어?
>
> **B:** 말도 마, 또 떨어졌어. 이번이 99번째 불합격이야.
>
> **A:** 힘내. 잘될 거야. 옛말에 (   )라고 했잖아.

① 사람 위에 사람 없고 사람 밑에 사람 없다.

② 한술 밥에 배부르랴.

③ 원숭이도 나무에서 떨어진다.

④ 콩 심은 데 콩 나고, 팥 심은 데 팥 난다.

⑤ 꼬리가 길면 밟힌다.

⑥ 밤이 깊어갈수록 새벽이 가까워온다.

⑦ 손바닥도 마주쳐야 소리가 난다.

2 아래 헷갈리기 쉬운 단어 한 쌍을 나열했습니다. 예시를 참고하여 각 단어를 포함한 문장을 만들어 두 단어를 구분시켜보세요.

예) 암묵적 / 암시적
→ 우리는 암묵적으로 그 사실을 감췄다.
→ 그 작품은 사랑의 아픔을 암시적으로 드러냈다.

① 매료하다 / ② 현혹하다

→ _____

→ _____

③ 벌이다 / ④ 벌리다

→ _____

→ _____

⑤ 지향 / ⑥ 지양

→ _____

→ _____

⑦ 도용 / ⑧ 오용 / ⑨ 남용 / ⑩ 악용

→ _____

$\rightarrow$ _____

$\rightarrow$ _____

$\rightarrow$ _____

→ 몇 문장이나 완성했나요? (한 단어당 1점, 10점 만점)

정답은?

1   ⑥

2   **아래와 비슷하게 작성했다면 정답 처리**

①**매료하다 /** ②**현혹하다**

· 판소리로 세계를 매료하다.

· 순진한 사람을 현혹하지 마.

③**벌이다 /** ④**벌리다**

· 지난 주말에 할머니 팔순을 맞아 잔치를 벌였다.

· 집게를 자꾸 벌리면 부러진다.

⑤**지향 /** ⑥**지양**

· 지향하는 바가 분명해야 목표를 이룰 수 있다.

· 남과 비교하는 태도는 지양해야 한다.

⑦ 도용 / ⑧ 오용 / ⑨ 남용 / ⑩ 악용

· 명의를 함부로 도용하면 형사처벌을 받는다.

· 약 설명서를 꼼꼼히 읽어야 오용을 막는다.

· 일회용품이 편리하다고 남용해서는 안 된다.

· 간혹 법을 악용하는 사람이 있다.

구성력 체급 15점 만점

· 3급: 9점 이하

· 2급: 10~12점

· 1급: 13점 이상

당신의 문해력 체급은?

문해력 체급 = (어휘력 체급 + 독서력 체급 + 구성력 체급) ÷ 3

*소수점 이하는 반올림

체급 계산법 예)

(어휘1 + 독서1 + 구성1) ÷ 3 = 1   → 1급

(어휘3 + 독서2 + 구성2) ÷ 3 = 2.3333   → 2급

(어휘2 + 독서3 + 구성3) ÷ 3 = 2.6666   → 3급

· 3급: 업무 능률이 떨어지고 의도를 논리정연하게 말하기 힘들다.

· 2급: 일상생활에 큰 불편은 없지만 긴 글이나 두꺼운 책을 피하고 싶다.

· 1급: 눈치가 빠르고 어디에 가도 일 잘한다는 소리를 듣는다.

예상했던 체급이 나왔나요? 빨리 1급으로 올리고 싶다고요? 이제 시작입니다. 몸을 이루는 근육이 그러하듯 문해력은 하루아침에 생기지 않습니다. 꾸준히 책을 읽고 사색하고 생각을 글로 정리하다 보면 반드시 헤비급 문해력을 갖게 될 거예요.

글쓰기 실력이 제자리인 이유

　문해력 PT를 시작하려고 결심했다면 평소 글쓰기에도 관심이 많았겠죠? 어쩌면 글밥 코치에게 이미 21일 문장력 PT를 받았을지도 모르겠습니다. 이제 한 시간 정도는 진득하게 앉아서 글을 쓰는 습관이 들었고, 일상에 널린 글감을 눈여겨볼 거예요.

　그런데 여전히 고민은 남아 있어요. 조금씩이라도 매일 글을 쓰려고 하니 소재나 아이디어가 부족해요. 자연스레 책 읽을 필요성을 느낍니다. 각 잡고 앉아 책을 펼쳤어요. 목차나 서문 따위는 건너뛰고 바로 본문으로 갑니다. 한 문단까지는 무리 없이 읽었어요. 다음 장을 넘기자 머릿속이 조금 복잡해지네요. 다른 생각이 끼어들기 시작합니다. 나도 모르게 스마트폰을 확인하죠. SNS에 새 소식이 올라왔는지 한 바퀴 돌고 밀린 댓글도 답니다. 이런, 30분이 눈 깜짝할 새 흘러버렸네요. 다시 정신을 차리고 다음을 읽으려는데 앞의 내용이 뭐였죠? 눈으로는 글자를 따라가고 있는데 무슨 뜻인지 이해가 안 가요. 분명 모국어인데 말이죠. 간신히 다음 장을 넘기자 카카오톡 알림이 울립니다. 동네 친구네요. 얼른 답장해야죠.

방혜자 주말인데 뭐 함?

나 간만에 책 좀 읽는 중 ㅎㅎㅎ

방혜자 웬 책? 안 하던 짓 하면 탈 난다. 나와, 곱창이나 먹자.

지글지글 불판 위에서 익어가는 고소한 곱창! 상상만으로도 혀 밑에 침이 고입니다. 엉덩이가 들썩들썩하죠. 결국 오늘 읽을 책은 내일로 미룹니다.

스마트폰을 할 때는 머릿속에 형광등이 켜진 양 말똥말똥한데 책 만 펼치면 하품이 나고 눈꺼풀이 무거워요. 지식을 쌓고 싶어서 남 들 다 읽었다는 인문학책을 샀는데 마음처럼 안 읽힙니다. 다 읽고 책장을 덮으면 무슨 내용이었는지 머릿속이 하얘요. 왜 도돌이표처 럼 헤매고 있을까요.

문제는 문해력입니다. 문해력이란 글을 읽고 이해하는 힘, 더불어 이해한 내용을 내 방식으로 재구성하여 활용하는 능력까지 포함합 니다. 꾸준히 글을 써도 글 수준이 제자리라고 느껴진다면 문해력이 문장력에 미치지 못해서인지도 모릅니다. 문해력을 키우는 과정을 세 단계로 요약하면, '들어오고, 숙성하고, 나가고'입니다. 독서를 포 함한 다양한 경험에서 얻은 정보와 지식이 머릿속으로 들어옵니다.

나의 주관, 가치관에 따라 조물조물 버무린 후 숙성합니다. 그리고 출력, 글로 나오는 것이죠.

읽기가 서툴러 유익한 정보를 제대로 흡수하지 못하면 생각의 수준은 늘 그 자리에 머무를 수밖에 없습니다. 새로운 배움과 통찰이 있어야 스스로가 성장하고 글도 발전합니다. 글쓰기가 먼저냐, 문해력이 먼저냐 따질 것 없이 이 과정은 순환합니다. 글을 쓰며 다시 한 번 내 생각을 정리하다 보면 반드시 더 나은 읽을거리를 찾아 떠나게 되니까요.

쓰기와 읽기, 두 근육은 함께 자라야 합니다. 글쓰기 근육은 꾸준히 써야 생기고, 문해력 근육은 꾸준히 읽어야 생깁니다. 모두 시간이 걸리는 일이에요. 끈기를 가지고 해나가야 합니다.

문해력을 키우는 과정

청소년의 문해력이 낮아지고 있습니다. 2018년, 국제 학업성취도 평가 연구(PISA)에서 우리나라 청소년의 '읽기' 영역 순위는 전체 국가 79개국 중 6~11위 구간으로 2006년 1위에 오른 이후 12년 동안 하락했습니다.

성인은 더욱 심각한데요. 2013년 국제 성인역량 조사(PIAAC)에 따르면, 우리나라 16~24세 청년의 문해력은 경제협력개발기구(OECD) 국가 중 4위로 상위권이었지만, 35~44세에는 평균 아래로, 45세 이후에는 하위권으로 뚝 떨어졌습니다. 아이들의 문해력을 걱정하기 전에 어른들부터 반성해야 할 때입니다.

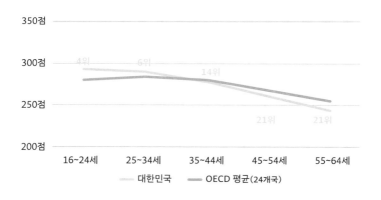

연령대별 문해력 점수와 순위

전문가들은 독서 부족을 주요한 원인으로 꼽습니다. 독서량이 줄어드는 까닭은 예전보다 즐길 거리가 다양해서겠죠. 20년 전에도 인터넷은 존재했지만 내 손안에는 없었습니다. 스마트폰, 태블릿 PC 등 디지털 기기가 편리한 휴대성, 흥미로운 콘텐츠를 앞세워 책 자리를 빼앗았습니다. 시간이 생기면 가방 속에서 책을 꺼내는 대신 예외 없이 스마트폰을 들여다봅니다.

가만, 스마트폰 속에서도 매일 수많은 글을 읽고 있잖아요. 그것도 독서가 아닐까요?

스마트폰 글은 책 글과 다르다!

스마트폰 글	책 글
잠깐씩 접속해서 본다. → 순서에 상관없이 원하는 부분부터 글을 읽어도 이해가 간다. 친절한 요약은 덤.	**시간을 내서 읽는다.** → 순서대로 읽어야 내용이 파악된다. 계속해서 앞뒤 문맥을 파악하려는 노력이 필요하다.
글에 하이퍼링크나 광고가 붙어 있다. → 집중력을 흩트리고 글을 읽다가 다른 길로 새기 쉽다.	**흰 종이와 검은 글씨뿐.** → 글을 읽는 데 방해요소가 없다.
짧은 글 위주다. → 스마트폰 화면이 작아서 긴 글은 눈이 아프고 집중하기 어렵다.	**긴 글이다.** → 책은 스마트폰보다 면적이 넓다. 스마트폰 글보다 글밥이 훨씬 많이 들어간다.

스크롤한다.	낱장을 넘긴다.
→ 전체를 읽지 않고 빠르게 내리며 발췌한다.	→ 한 장을 전부 읽고 다음으로 넘어간다.
알고리즘 추천.	스스로의 선택과 타인의 추천.
→ 내 관심사 위주로 콘텐츠를 접한다.	→ 내 관심사 외에도 지인의 추천이나 서평 등을 통해 관심 분야를 넓힐 수 있다.

'보는 글'과 '읽는 글'의 차이가 느껴지나요? 책을 읽으려면 스마트폰 글을 보는 것보다 훨씬 더 많은 인내와 노력이 필요합니다. 스마트폰에서 글을 아무리 많이 읽어도 독서를 대체하기는 힘든 까닭이죠.

한편, 스마트폰은 책을 읽을 때 방해물이 되기도 하죠. 잠시만 들여다봐도 몰입을 깨뜨리기 때문인데요. 주의력 연구가인 캘리포니아대 글로리아 마크 교수에 따르면, 다른 일에 한눈을 팔다가 다시 본업에 집중하려면 평균 25분이 걸린다고 합니다. 수시로 스마트폰을 확인하며 책을 읽으면 집중력이 떨어진 상태라 '읽기'보다는 '훑기'에 가깝습니다. 다 읽어도 내용을 제대로 기억하지 못하는 까닭입니다.

뇌는 반복하는 행동을, 더 좋아하고 잘하는 방식으로 계속 발달합니다. 습관이 대표적인 예이죠. 스마트폰을 많이 사용할수록 '스마트폰을 좋아하고 잘하는 뇌'로 변합니다. 자극적인 영상과 핵심만 간추린 글을 갈망하는 것이죠. 점점 더 독서는 힘들어지고, 문해력은 떨어지는 악순환을 겪습니다. 결국 문해력 PT의 목적은 우리의 뇌를 책 읽기를 좋아하고 잘하는 뇌로 바꾸는 것입니다. 책 읽는 뇌로 변하면 글을 읽을 때 글자 자체보다는 맥락 파악에 힘을 쏟기 때문에 뇌를 효율적으로 사용합니다.* 잘 숙성된 지식의 총량 또한 증가하니 글쓰기 실력도 나아질 수밖에요.

---

* 《EBS 당신의 문해력》, 김윤정 글·EBS 〈당신의 문해력〉 제작팀 기획, EBS BOOKS, 2021.

문해력 부족이 건강을 위협한다?

독서를 즐기지 않는 사람이라면 문해력이 부족하다는 사실을 스스로 모르거나 알아도 문제를 대수롭지 않게 여기기 쉽습니다. 이해하기 어렵고 복잡한 책은 안 읽으면 그만이고, 모르는 정보는 인터넷에서 찾아보면 금방 해결되니까요.

하지만 문해력은 일상 전반에 영향을 미친다는 점을 기억해야 합니다. 대인관계가 잘 풀리지 않는다면 빈약한 문해력 때문일지도 몰라요. 부족한 어휘력이 본의 아니게 상대방을 불쾌하게 하거나 오해를 불러일으키기도 합니다. '눈치가 없다'라는 평가는 문해력이 떨어져서 하는 행동에 붙을 때가 많습니다. 이런 상황이 직장 안에서 반복된다면 상사나 직장 동료와의 관계가 좋기 힘들겠지요.

문해력이 낮으면 시간을 낭비하는 일도 자주 벌어집니다. 업무 요지를 제대로 파악하지 못해 혼자 엉뚱한 문서 작업을 했다가 나중에 깨닫고 일을 되풀이하기도 합니다.

문해력은 모든 분야의 기초 이해 능력이기 때문에 숫자를 사용하여 문제를 해결하는 수리력과도 연관돼 있습니다. 단순한 계산에도 속이 울렁거려서 다른 사람에게 부탁한 적이 있나요? 남들은 할인받아 사는 제품을 제값 주고 사는 일도 더러 생깁니다(본인은 보통 모릅니다). 퇴직금이나 보험 해지 환급금 계산을 잘못하여 손해를 보기도 하고요.

심지어 건강을 해칠 수도 있습니다. 깨알같이 적힌 복약지도 내용이나 부작용, 주의 사항을 잘못 해석해서 용법이나 용량을 연거푸 실수한다고 생각해보세요.

문해력이 부족하면 당신이 읽을 수 있는 책이나 접하는 자료의 수준도 한계가 있어 정보력이 떨어집니다. 세상을 보는 다양한 관점, 새로운 프레임을 얻을 기회를 놓칩니다.

글밥 코치에게 새로운 프레임을 가져다준 책을 한 권 소개합니다. 미래학자로 손꼽히는 다니엘 핑크의 《언제 할 것인가》라는 책인데요. 책에서는 '타이밍'의 중요성을 강조합니다. 책에서 나온 한 예문을 읽고 뒤통수를 한 대 맞은 듯 얼얼했어요. 대장내시경을 할 때 보통 유명한 병원, 유명한 의사에게 예약하길 원합니다. 중대한 질병이 의심될 경우, 원하는 의사에게 진료를 받으려고 몇 달씩 기다리기도 하죠. 하지만 저자는 정작 따져보아야 할 사항은 '검진 시간'이라고 말합니다. 오후보다 오전에 의사의 집중력이 높아 용종을 발견하는 비율이 높았다는 근거자료를 제시하면서요.

정보가 넘쳐나는 시대에 나에게 필요한 올바른 정보만 가려내는 일은 때로는 생존과도 연결됩니다. 문해력이 낮으면 나에게 필요한 책을 만나기 힘들고 읽어도 이해하지 못하니 삶에 응용하지 못합니다. 문해력이 낮은 건 단순히 시험 성적을 걱정하는 학생들만의 문제가 아닙니다. 가까이에서 보면 사소한 문제일지 몰라도 멀리서 보면 인생 곳곳에 혈관처럼 뻗어 영향을 미치고 있습니다. '왜 나만 이렇게 운이 없지?', '왜 나에게만 이런 불편한 상황이 생기지?' 하는 의문이 자주 드는 당신이라면 더욱더 문해력을 키워야 합니다.

문해력 격차는 복리처럼 불어난다

예·적금 두둑하게 들어두었나요? 주식과 코인으로 갈아탄 지 오래됐다고요? 뜬금없는 재테크 조사가 아닙니다. 탄탄하고 수익률 좋은 투자처가 있어서 알려드리려고 합니다. 수수료 떼어달라고 할 생각은 전혀 없으니 안심하세요! 여기에 투자하면 아인슈타인이 20세기 최고의 발견이라고 부르는 '복리'의 마법이 일어납니다. 요즘 복리 주는 예금 상품 찾기 어렵죠. 게다가 무일푼이라도 시간만 투자하면 됩니다. 투자처는 바로 문해력입니다.

문해력이 부족하면 학교 다닐 때는 성적이 떨어지는 정도에 그치지만 그 피해는 날이 갈수록 복리처럼 불어납니다. 눈덩이 효과처럼, 처음에는 모래알만 한 차이였는데 10년 후에는 집채만큼 커진다는 거예요. 복리의 힘을 아는 사람은 문해력이 부족한 자신을 가만둘 리 없습니다.

문해력이 부족한 이유는 그동안 글을 많이, 깊이 읽지 않았다는 뜻이죠. 다양한 단어와 문맥을 접하지 못해 어휘력이 부족합니다.

어휘력이 떨어지면 많은 텍스트를 포기하고 살아야 합니다. 예를 들어, 경제용어를 잘 모르니 경제 동향이나 재테크와 멀어집니다. 전문용어가 많이 나오는 의학이나 과학 서적은 거들떠보지도 않겠죠. 동서양 고전에서 삶의 지혜를 배우거나 아름다운 표현을 누릴 기회도 놓쳐버립니다. 이처럼 어휘력이 부족하면 읽고 향유하는 영역이 좁아집니다. 일일이 사전에서 단어를 찾아가며 해석하는 데도 한계가 있으니까요. 쉬운 글 위주로 접하니 문맥을 파악하는 능력이 쇠약해집니다.

그런 상태로 1년이 가고 10년이 지났습니다. 어떤 이는 경제 서적과 칼럼을 읽고 공부한 지식을 활용하여 부를 쌓았습니다. 어떤 이는 책에서 읽은 의학 정보 덕택에 빠른 대처로 응급상황에 처한 가족을 살렸습니다. 또 다른 이는 남다른 감수성과 표현력을 인정받아 시인으로 등단했습니다. 문해력이 부족해 지적인 영역의 많은 부분을 포기해야 했던 이는 어떻게 살고 있을까요? 아마도 10년 전과 비슷비슷한 일상이겠죠.

문해력이 뛰어난 사람은 지식과 정보를 실생활에 활용할 줄 알며 이를 자신의 성장 동력으로 이용합니다. 그러한 경험이 쌓이면서 읽는 노하우가 생깁니다. 글을 읽을 때 어떻게 접근해야 효과적인지 몸으로 알고 있으니 세월이 흐르면 흐를수록 더 빨리, 더 많은 것을 흡수합니다. 마치 복리 효과처럼요. 1억을 모으는 데 10년이 걸렸다고 10억을 모으는 데 100년이 걸리지 않는 이치입니다.

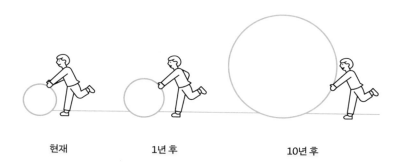

현재   1년 후   10년 후

부를 쌓으려면 시간이 필요합니다. 문해력도 마찬가지예요. 계획을 세우고 내 시간을 투자해야 합니다. 가능한 한 빨리 시작할수록 유리하겠죠. 복리 효과를 더 크게 누릴 테니까요.

인터넷 혁명을 이끈 넷스케이프 창업자 마크 앤드리슨은 인재를 뽑을 때 중요하게 여기는 조건이 있다고 합니다.

중요한 것은 그들이 회사에서 퇴근해 무엇을 하느냐다. 우리는 그들의 낮시간에는 관심 없다. 십중팔구 그들은 돈을 벌기 위해 회사에서

시키는 일들을 하고 있을 테니까. 우리가 집중하는 건 그들의 취미가 무엇이냐다.[*]

문해력을 끌어올리고 싶다고요? 당신은 퇴근 후 무엇에 시간을 쏟고 있나요?

---

[*] 《타이탄의 도구들》, 팀 페리스 지음, 박선령·정지현 옮김, 토네이도, 2020.

1장 스트레칭

문해력을 키우는 세 가지 힘

인터넷에서 충격적인 기사를 읽었는데요. 한 고등학생이 수업 시간 중에 선생님이 낸 어려운 문제를 맞히자, 친구가 "너 되게 고 지식하다"라고 평했다는 거예요. '고지식'을 High(높을 고, 高) + Knowledge(지식), 즉 지적 수준이 높다는 뜻으로 잘못 알고 있었 던 거죠. 더 심각한 상황은 다음 대화에서 이어집니다. 옆에 있던 다 른 친구도 "맞아, 얘는 정말 고지식한 것 같아"라며 칭찬(?)을 했고 고지식하다는 평을 들은 당사자는 "고마워~"라고 답했습니다.

'이지적이다'라는 말을 듣고 불쾌해했다는 또 다른 학생의 에피 소드도 떠오르는데요. 'Easy(쉬운)하다', 즉 사람이 쉬워 보인다는 뜻으로 착각했기 때문이었어요. 웃어넘기기엔 씁쓸한 현실입니다. 극단적인 예시였지만 문해력의 기본이 어휘력이라는 사실을 부정할 사람은 없을 거예요.

1 문해력은 어휘력이다

요리에 비유해볼까요. 단어는 냉장고 속에 들어 있는 식재료입니다. 육류, 채소, 생선 등 종류별로 충분히 보관하고 있는 사람은 선보일 요리가 많겠죠? 그날그날 기분에 따라 한식, 중식, 양식 다채로운 조리도 가능합니다. 반면, 냉장고 속에 시금털털한 신김치만 있다면? 아무래도 선택의 폭이 좁겠네요. 김치찌개, 김치볶음밥 정도밖에 떠오르지 않네요. 냉장고 속 식재료가 부실하면 만들 만한 요리가 뻔하듯 머릿속에 아는 단어가 적으면 해석할 수 있는 글에도 한계가 있습니다.

문해력이 부족하면 어휘력부터 키워야 합니다. 단어의 의미를 이해하지 못하면 글 속에서 펼쳐지는 사건과 맥락을 제대로 파악하지 못합니다. 알파벳도 모르면서 〈뉴욕 타임스〉를 읽겠다고 달려들 수 없는 노릇이잖아요. 어휘력을 키우려면요? 다시 원점으로 돌아갑니다. 책을 많이 읽어야죠. 문해력이 낮아서 책을 읽기가 힘들다고요? 문해력 PT가 도움이 될 겁니다.

2 문해력은 독서력이다

어휘력이 나쁘지 않은데도 긴 글 앞에만 앉으면 한숨이 나오고 주눅이 드는 사람이 있습니다. 글에 온전히 집중해서 끝까지 읽어나갈 힘, 독서력이 부족하기 때문입니다. 여기서 말하는 독서는 문유석 작가가 말하는, 유희로써 즐기는 '쾌락 독서'가 아닙니다. 무언가를 배우고 익히고 싶어서 노력하는 독서를 뜻합니다. 싫어도 괴로워도 참는 능력을 포함합니다.

독서력이 부족하다는 건 집중력과 문제해결 능력이 약하다는 뜻입니다. 어떤 과제를 맞닥뜨렸을 때 포기하지 않고 이리저리 궁리해 가며 스스로 결론을 내리는 힘 말이에요. 책보다는 짧은 스마트폰 글, 영상이나 이미지에 익숙해서 조금만 글이 길어지거나 맥락이 복잡하면 포기하는 습관이 몸에 밴 것입니다. 다행히도 습관은 시간을 들이면 바꿀 수 있습니다.

식단을 바꾸듯 독서 습관을 바꾸어보세요. 어릴 때부터 짜고 달고 자극적인 패스트푸드에 길든 사람은 천연재료의 풍미를 잘 느끼지 못합니다. 봄나물의 쌉쌀하고 향긋한 맛, 살이 꽉 들어찬 제철 게의 달달한 감칠맛, 청국장의 쿰쿰한 매력을 알 길이 없지요. 고기도 먹어본 놈이 잘 먹는다고 하잖아요. 독서력은 한 권이라도 제대로 읽어본 사람이 뛰어납니다. 독서력을 키우면 보다 다채로운 인생의 맛을 즐길 수 있습니다.

3 문해력은 구성력이다

글을 읽고 해석하는 데에서 그치면 아쉽습니다. 문해력을 키우려는 이유는 수많은 정보 중 유익한 것을 가려내어 읽고 해석하여 나만의 철학을 바로 세우기 위함입니다. 글에서 얻은 정보와 지식을 체계적으로 조직해서 효과적으로 전달하는 능력이 구성력입니다.

구성력이 뛰어난 사람은 글을 읽으면 완전히 자신의 것으로 소화해 새로운 판(버전)으로 창조할 수 있습니다. 또한 글을 읽을 때 다음 내용을 추론하고 예측하는 일이 쉽습니다. 수많은 구성을 접하고 써본 경험을 바탕으로 글의 '패턴'을 익혔기 때문입니다. 결국, 문해력의 종착지는 내가 전달하고자 하는 말을 효과적으로 표현할 줄 아는 쓰기 능력으로 향합니다.

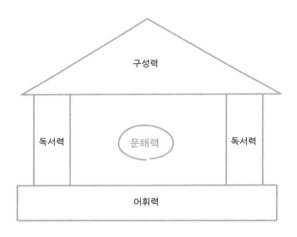

문해력 집 짓기

어휘력으로 토대를 다지고 독서력으로 튼튼한 기둥을 세웁니다. 폭우가 쏟아져도 끄떡없는 구성력 지붕을 얹으면 아늑한 문해력 집이 완성됩니다. 문해력 집을 번듯하게 지어놓으면 책 읽기가 즐거울 뿐만 아니라 내 의견을 똑 부러지게 말하고 쓸 수 있습니다. 일상생활에서도 자신감이 넘치겠죠. 반가운 소식! 이 모든 능력은 후천적

1장 스트레칭

으로 발달시킬 수 있습니다.

　자, 마음의 준비가 됐나요? 첫 삽을 뜨러 가봅시다.

'활자 중독'이 되어보세요

시간이 나면 주로 무엇을 하세요? 심심할 틈이 어디 있냐고요? 맞아요. 넷플릭스 정주행해야지, 유튜브에 새로 뜬 영상 봐야지, 게임 레벨업하고 페친 인친도 방문해야지, 얼마나 바빠요. 스마트폰은 우리에게 자유와 구속을 함께 선물했습니다. 시청각 자극을 충족시켜주는 영상 매체는 중독성이 강해 한번 보기 시작하면 도중에 끊기가 힘들죠. 알고리즘 추천은 또 얼마나 섬세하고 갸륵한지, 내가 흥미 있는 분야만 쏙쏙 골라서 띄워줍니다.

이동하는 시간만이라도 잠시 스마트폰에서 시선을 거두는 건 어떨까요. 대신 글밥 코치가 심심할 때 하는 놀이를 하나 알려줄게요. 눈에 띄는 글은 모두 읽고야 마는 '활자 중독' 놀이입니다.

1 가방 속 소지품의 비밀

가방에 들어 있는 물건부터 꺼내볼까요? 출출할 때 먹을 주전부리가 있네요. 포장지에 깨알같이 적힌 식품성분표를 확인해볼까요. 쇼트닝, 가공유지, 우유고형분, 대두레시틴, 구아검… 정체 모를 성분의 향연이네요. 궁금하지 않으세요? 내 입속에 들어가는데 무엇인지는 알고 먹는 게 좋지 않을까요? 검색하면 다 나오는 편리한 세상이잖아요. 열량은 얼마인지 당류는 얼마만큼 들었는지, 그램(gram)으로 따졌을 때 몇 조각을 먹으면 하루 권장량인지 계산도 해보고요. 영양성분표도 일종의 정보인데 해석하지 못하면 무슨 의미가 있을까요.

아무렇게나 찔러 넣었던 아파트 분양 전단지나 피트니스센터 광고지, 버리기 전에 한번 읽어보세요. 교회에서 나누어준 휴대용 물티슈도 좋고요. 매력적인 문구가 쓰여 있는지, 나라면 어떻게 바꿀지도 한번 고심해보아요. 며칠 전 약국에서 샀던 타이레놀이 들어 있네요? 복약 지도나 부작용도 꼼꼼하게 읽어보자고요. 어? 벌써 내릴 역에 다다랐네요.

2 눈을 사로잡는 길거리 활자

거리의 간판, 상점 벽에 붙어 있는 홍보 문구 스티커는 지나가는 사람의 발길을 붙잡습니다. 입간판에 쓰인 수많은 문장은 무엇을 말하고 싶은 걸까요. '씹을수록 고소한 곱창'이란 글귀를 따라 읽다가 침이 고입니다. 싱싱한 활어회를 판다는 횟집 '예술회관'은 주인의 작명 솜씨가 그야말로 예술이네요.

유적지에서 안내문을 마주치면 지나치지 말고 역사 공부할 겸 읽어보세요. 어색하거나 지나치게 경직된 문구는 자연스럽게 고쳐도 보고요.

3 오늘도 대중교통을 탄다면?

벌써 이십여 년 전, '선영아 사랑해'라는 달콤한 문구로 저를 포함한 많은 선영이들을 설레게 했던 버스 벽면 광고, 기억하는 분 있나요? 매일 타는 버스나 지하철을 잘 살펴보세요. 하나라도 더 팔아야 하는 기업에서는 버스와 지하철을 돌아다니는 광고판으로도 사용합니다. 대중교통을 타러 가는 길목은 온통 활자로 뒤덮여 있습니다. 요즘 유행하는 카피를 보여주죠. 각종 캠페인이나 정책 홍보 문구를 읽다가 쏠쏠한 정보를 얻기도 합니다.

아무리 영상과 이미지 시대라고 해도 일상에서 가장 많이 마주치는 건 여전히 글자입니다. 생활 곳곳에서 만나는 정보를 그저 스쳐 지나가지 말고 곱씹어보세요. 문해력을 높이려면 우선 활자와 친해져야 합니다. 모르는 단어는 넘어가지 않고 찾아보는 습관, 문장 한 줄에서도 의

미를 꺼내보려는 작은 성의만 있다면 공부할 거리가 사방에 널려 있습

니다.

⚡ **더 재미있게 읽는 방법!**

　서체도 눈여겨보세요. 메시지에 따라 생김새와 색깔이 다릅니다.

2장

어휘 근육

기초부터 탄탄하게

단어를 풀어서 설명하라
: 단어 스무고개

문해력 체급도 확인했겠다, 이제 본격적으로 문해력 PT를 시작해 볼까요? 더도 말고 덜도 말고 딱 일주일에 세 번만 문해력에 투자하세요. 18회 차 PT를 모두 끝내면 당신의 어휘, 독서, 구성 근육이 몰라보게 탄탄해질 겁니다.

연장 하나 없이 맨손으로 집을 짓는다고 상상해보세요. 아무리 작은 집이라도 막막하죠. 얼마나 오랜 세월이 걸릴지 예측하기도 힘듭니다. 문해력을 키우려면 어휘력이라는 든든한 연장이 필요합니다. 글을 읽는데 자꾸만 모르는 단어가 튀어나온다면? 처음에는 국어사전을 찾아보겠죠. '아, 이런 뜻이구나' 하고 다음 문장을 읽는데 생소한 단어가 또 등장합니다. 다시 사전을 열어봐야죠. 시원하게 글을 읽어나가지 못하고 피서 철 주말 고속도로에 갇힌 것처럼 체증이 생깁니다. 집중력이 흐려지면서 혼선이 옵니다. '가만, 어디까지 읽었더라?'

어휘력을 늘려야 한다고 국어사전을 달달 외우란 뜻은 아닙니다. 재밌게 놀면서 어휘력을 키우는 방법이 있습니다. 구미가 당기죠?

어릴 적에 스무고개라는 놀이를 한 번쯤 해보았을 거예요. 출제자가 마음속으로 어떤 단어를 떠올리면 나머지 사람들은 정답을 맞히는 건데요. 총 스무 번까지 힌트를 물어볼 수 있고, 출제자는 '예, 아니오'로만 답합니다. 스무 번 안에 정답을 맞혀야 하니 질문을 잘 설계해야겠죠. 보통은 큰 그림에서 시작하여 점점 좁혀나갑니다.

🔑 스무고개 놀이: 무슨 단어인지 맞혀보세요!

1. 생물입니까?　　　　　→ 예

2. 식물입니까?　　　　　→ 아니오

3. 네발 동물입니까?　　　→ 아니오

4. 발이 두 개입니까?　　 → 아니오

5. 날개가 있나요?　　　　→ 아니오

6. 바닷속에 삽니까?　　　→ 예

7. 덩치가 큽니까?　　　　→ 아니오

8. 돌고래보다 작나요?　　→ 예

9. 먹을 수 있나요?　　　　→ 예

10. 주변에 흔한가요?　　　→ 예

11. 비늘이 있나요?　　　　→ 예

12. 날것으로도 먹나요?　 → 예

13. 비싼가요?　　　　　　→ 아니오

14. 다리가 많은가요?　　 → 아니오

15. 아가미가 있나요? → 예

16. 떼를 지어 다니나요? → 예

17. 반찬으로 먹나요? → 예

18. 마트에 파나요? → 예

19. 조리하기 쉽나요? → 예

20. 흐느적거리나요? → 아니오

몇 번째 질문에서 눈치채셨나요? 여전히 모르겠다고요? 정답은 국민 반찬 '멸치'입니다.

단어를 읽고 쓰는 행위는 무의식적입니다. 글자를 깨친 이후 수많은 글을 보아왔고 써왔으니 큰 고민을 하지 않아도 자동으로 반응하는 것이지요. 단어 하나를 선택할 때마다 그것이 뜻하는 바가 정확하게 무엇인지, 어떤 상황에서 주로 쓰이는지, 어떤 뉘앙스를 품고 있는지를 사사건건 깊게 고민한다면 한 문단을 쓰고 해석하다가 지쳐서 나가떨어질지도 모릅니다.

그럼에도 문해력을 높이고 싶다면 그런 고생도 가끔은 해보는 게 좋습니다. 스무고개를 하면서 노는 듯 공부하는 겁니다. 어휘력이 뛰어날수록 답을 금방 맞히겠죠. 새로운 규칙을 더하겠습니다. 혼자서도 할 수 있는 '스스로 스무고개'입니다. 문제 출제자가 정답에 가까워지게끔 스스로 단어를 설명하는 겁니다. 단어 하나를 여러 각도로 분석해서 낱낱이 해체하는 거죠. 단어의 쓰임새를 고민하고 정의하는 과정은 곧 어휘력을 높이는 훈련입니다.

단어의 앞뒤 옆을 꼼꼼히 살피고, 겉과 속을 뒤집어보면 다양한 속성이 있다는 사실을 발견할 거예요. 어떤 뜻과 활용을 가졌는지 관찰하면 단어를 더 잘 알게 되고, 잘 알면 사랑하게 됩니다. 나태주 시인이 노래했듯 '자세히 보아야 예쁘고, 오래 보아야 사랑스러운 풀꽃'처럼 말이죠. 단어를 사랑하면 자꾸만 수집하고 싶어요. 당신의 어휘 곳간이 풍족해집니다.

🔑 스스로 스무고개: 무슨 단어일까요?

1. 명사입니다.

2. 인간이 하는 행동 중 하나입니다.

3. 노력하는 마음입니다.

4. 이걸 잘하면 주변에 친구가 많아요.

5. 참을성이 좀 있어야 합니다.

6. 생각보다 힘든 일이에요.

7. 나이가 들수록 이걸 잘해야 합니다.

8. 유재석은 이걸 잘하죠.

9. 이걸 잘하면 보통 말도 잘합니다.

10. 리더에게 꼭 필요한 자질이죠.

11. 집중력이 필요합니다.

12. 귀로도 하고 눈으로도 합니다.

13. 겸손한 자세입니다.

14. 이것만 잘해도 싸울 일이 줄어요.

15. 두 사람 이상이 필요합니다.

16. 의사소통 기술입니다.

17. 한자어예요.

18. 공감의 전제 조건이죠.

19. 고개를 끄덕여요.

20. 이걸 잘하면 질문도 잘해요.

무엇인지 알아채셨나요? 정답은 '경청'입니다. 설명 스무 가지를 채우기가 쉽지는 않을 거예요. 처음에는 열 고개로 가볍게 연습해보아도 좋습니다.

✍ 스스로 열 고개: 무슨 단어일까요?

1. 형용사입니다.

2. 감정을 표현하는 단어입니다.

3. 유쾌한 감정은 아닙니다.

4. 충격적인 말을 들었을 때도 느낍니다.

5. 이상형을 마주치면 느낍니다.

6. 어지러움과 비슷합니다.

7. 아슬아슬한 감정이 숨어 있습니다.

8. 야한 모습을 묘사할 때도 이 말을 씁니다.

9. 보통 눈앞에서 벌어집니다.

10. 높은 곳에 올라갔을 때 느낍니다.

정답은 '아찔하다'입니다. 답을 알고 설명을 읽으면 고개가 끄덕여지지요. 단어의 뜻을 정확히 알고, 어떤 맥락에서 쓰이는지 제대로 파악하는 사람일수록 '고개' 수를 많이 늘리겠죠? 자, 이제는 여러분 차례입니다. 어휘력과 배경지식을 총동원하여 다음 단어를 설명해보세요. 친구와 서로 번갈아 가면서 문제를 내고 맞히면 더욱 재밌고 효과적인 어휘 학습이 되겠죠? 문해력 PT의 난이도는 아령 개수로 표시했습니다. 각자의 수준에 맞게 시도해보세요.

🎣 문해력 PT

1. 다음 세 단어 중 하나를 골라 스스로 스무고개 문제를 내보자.
   (최소 10개 이상 도전!) 🏋️

   ☐ 스며들다   ☐ 역사   ☐ 관측하다

① _____   ② _____

③ _____   ④ _____

⑤ _____   ⑥ _____

⑦ _____   ⑧ _____

⑨ _____   ⑩ _____

2. 세 단어로 각각 스스로 스무고개 문제를 내보자. (노트에 자유롭게
  생각을 펼쳐 써보자.) *III*

모범 답안

· **스며들다**
   ① 동사입니다.
   ② 처음에는 있었는데 점점 사라집니다.
   ③ 액체의 움직임을 묘사할 때 씁니다.
   ④ 기체의 상태를 묘사할 때도 씁니다.
   ⑤ 촉촉한 인상을 줍니다.
   ⑥ 무언가에 영향을 받았을 때도 씁니다.
   ⑦ 우리 마음이 바뀌었을 때 씁니다.
   ⑧ 좋은 경우일 수도 나쁜 경우일 수도 있습니다. 즉, 중립적입니다.
   ⑨ 이렇게 되고 나면 보통 사라집니다.
   ⑩ 이렇게 되기 전에 빨리 닦아내기도 합니다.

역사

① 명사입니다.

② 방대합니다.

③ 흐름을 나타냅니다.

④ 태어나는 순간부터 시작됩니다.

⑤ 지금도 만들어지고 있습니다.

⑥ 이것은 보통 반복됩니다.

⑦ 잊어서는 안 될 것 중 하나입니다.

⑧ 새롭게 쓰기도 합니다.

⑨ 흥망성쇠가 있습니다.

⑩ 동음이의어로 장소를 나타내는 뜻도 있습니다.

관측하다

① 동사입니다.

② 보는 행위와 관련이 있습니다.

③ 적극적으로 무언가를 볼 때 씁니다.

④ 도구를 사용하기도 합니다.

⑤ 주로 멀리 있는 걸 봅니다.

⑥ 주로 자연현상을 봅니다.

⑦ 이렇게 하는 장소가 있습니다.

⑧ 이렇게 하는 직업도 있습니다.

⑨ 변화를 살펴보고 측정하는 것입니다.

⑩ 현재를 바탕으로 미래를 헤아릴 때도 씁니다.

어휘력 늘리기, 이것부터 시작
: 유의어·반의어

"나는 어휘력이 부족한 것 같아"라고 말하는 사람들에게 왜 그렇게 생각하는지 그 이유를 물어보면 보통 "책을 읽을 때 어려운 단어나 전문용어가 나오면 이해하기 힘들어서"라고 답합니다. 물론 어휘력이 떨어지면 나타나는 현상은 맞지만, 그렇다고 어려운 단어, 유식해 보이는 전문용어부터 붙잡고 공부하는 건 옳은 방법이 아닙니다. 진입 장벽이 높으면 포기하기가 쉽습니다. 보다 손쉽고 효과적인 방법이 있어요. '유의어', '반의어'부터 시작하는 겁니다.

예를 들어, 다음과 같은 문장이 있어요.

· 친구와 수다를 떨다 보니 벌써 영화가 시작할 시간이다. 나는 허겁지겁 커피를 **마시고** 자리에서 일어섰다.

머릿속에 '마시다'라는 단어만 입력돼 있다면 어떤 상황에서나 늘 똑같이 '마십니다'. 하지만 유의어(뜻이 서로 비슷한 말)를 다양하게 구사할 줄 아는 사람은 상황에 따라 다르게 마시죠.

2장 어휘 근육

- 나는 허겁지겁 커피를 **들이켜고** 자리에서 일어섰다.
- 나는 얼음 밑에 남아 있는 커피를 빨대로 쪽 **빨아들였다.**
- 나는 얼른 입속에 물고 있던 커피를 **넘겼다.**
- 나는 커피를 알약과 함께 **삼켰다.**

'들이켜다', '빨아들이다'의 뜻을 모르는 사람이 어디 있느냐고요? 그렇다면 당신은 왜 글을 쓸 때 '마시다'밖에 활용하지 않을까요. 뜻은 알지만 내 어휘 창고 안에 들어 있는 단어가 아니기 때문입니다. 그러니 '마시다'라는 가장 쉬운 선택을 하는 거죠. 진짜 안다는 건 '써먹을 줄 안다'는 뜻입니다. 언제든지 스스로 머릿속에서 꺼낼 수 있어야 진짜 아는 것입니다.

유의어를 많이 알면 더 빠르고 정확하게 글을 이해할 뿐만 아니라, 풍성한 글을 짓습니다. 맥락에 따라 어떤 단어를 써야 메시지가 가장 선명할지 알고 있다는 뜻이니까요. 가령, '마시다'가 '허겁지겁'이란 부사어와 만나면 단숨에 마신다는 뉘앙스가 내포된 '들이켜다'가 어울린다는 정보, 빨대로 마실 때에는 '빨아들이다'가 '마시다'보다 더 적절하다는 정보가 머릿속에 저장돼 있다는 거죠.

그러므로 유의어를 무작정 외울 게 아니라, 문장을 직접 지어보는 게 좋습니다. 영어 단어를 외울 때도 단어만 단독으로 외울 때보다 문장 속에서 단어의 뜻을 추론하고 직접 영작을 하면 더 잘 외워지고 오랫동안 기억에 남잖아요.

'마시다'와 반대 뜻을 가진 단어(반의어) '뱉다'로 연습해보겠습니다. 다음과 같은 유의어가 있습니다.

✎ '뱉다'의 유의어
① 지껄이다 / ② 내놓다 / ③ 내뱉다 / ④ 토하다 / ⑤ 퍼붓다 / ⑥ 떠벌리다

액체를 입 밖으로 내놓는다는 뜻 외에도 '말'과 함께 쓰는 유의어가 눈에 띄네요. 음식물과 말, 모두 입을 통해 들고 나기 때문이겠죠. 이 단어들을 사용하여 문장을 지어보겠습니다. 단어와 어울리는 다양한 상황을 떠올려보세요.

✎ '뱉다'의 유의어로 문장 짓기
남의 험담을 여기저기 ⑥ 떠벌리며 욕설을 ① 지껄이는 사람을 볼 때마다 똑같이 ⑤ 퍼붓고 싶은 충동을 느꼈다. 입 밖으로 ② 내놓는 말 하나하나가 그 사람의 인격을 보여준다는 걸 왜 모를까. 말은 아무 생각 없이 ④ 토하듯 ③ 내뱉어서는 안 된다.

똑같이 '뱉다'라는 뜻이지만 쓰이는 상황에 따라 다양한 변주가 가능합니다. '뱉다'의 유의어는 한편, '마시다'의 반의어 노릇도 하죠. 이처럼 어떤 단어를 떠올릴 때, 유의어와 반의어를 꼬리 물듯 늘어놓는 훈련을 하면 어휘의 폭이 더욱 넓어지겠죠?

🔍 문해력 PT

1. 다음 기본 단어 중 하나를 골라서 유의어를 되도록 많이 써보자.
(최소 3개 이상) **I**

□ 좋아하다 _____

□ 조용하다 _____

□ 애매하다 _____

2. 기본 단어를 포함한 유의어들을 조합하여 다섯 문장 내외의 글로
써보자. (1번에서 쓴 내용을 활용) **II**

_____

_____

_____

_____

3. 1번에서 고른 기본 단어의 반의어를 하나 쓰고, 그 반의어의 유의
어를 되도록 많이 써보자. (최소 5개 이상) **III**

_____

_____

1. 유의어 쓰기

- 좋아하다 = 기뻐하다 / 반가워하다 / 아끼다 / 반하다 / 즐기다 / 즐거워하다 / 사랑하다 / 연모하다 / 가까이하다
- 조용하다 = 잔잔하다 / 나직하다 / 잠잠하다 / 고즈넉하다 / 얌전하다 / 차분하다 / 한산하다 / 고요하다 / 가만하다
- 애매하다 = 모호하다 / 불투명하다 / 대중없다 / 희미하다 / 흐리다 / 흐리멍덩하다 / 어정쩡하다 / 어렴풋하다 / 은은하다

2. 유의어들로 문장 짓기

- 좋아하다

  너를 처음 보자마자 반했어. 만날 때마다 이토록 반가워하고 즐거워하는 나를 보면 널 좋아하는 거겠지, 아니 이미 사랑하는 것 같다. 알아주지 않아도 괜찮아. 널 아끼는 마음, 이 순간을 즐기고 싶어.

- 조용하다

  회사생활에 지쳐 한산한 곳에서 쉬고 싶었다. 휴가를 내고 고즈넉한 강가를 찾았다. 잔잔한 물결을 바라보며 조용하게 휴식을 취하니 기분이 차분히 가라앉았다. 그때였다. 나직한 목소리로 누군가 내 이름을 불렀다.

- 애매하다

  어정쩡한 자세에 흐리멍덩한 눈동자. 내가 기억하는 그의 첫인상이다. 어디에 사느냐, 무엇을 좋아하느냐고 물어도 애매한 답변만 돌아왔다. 마치 불투명한 벽이 우리 사이를 가로막고 있는 것처럼.

3. 반의어 / 반의어의 유의어 쓰기

- 좋아하다 ↔ 싫어하다 = 가리다 / 기피하다 / 꺼리다 / 혐오하다 / 미워하다 / 증오하다 / 멀리하다

· 조용하다 ↔ 시끄럽다 = 떠들썩하다 / 요란하다 / 우렁차다 / 소란스럽다
　　　　　　　　　　／ 바쁘다 / 시끌벅적하다 / 야단스럽다
· 애매하다 ↔ 분명하다 = 확실하다 / 확연하다 / 명확하다 / 정확하다 / 틀
　　　　　　　　　　림없다 / 뚜렷하다 / 선명하다

문장에 딱 맞는 단어를 찾아라

: 단어 테트리스

글을 쓸 때 단어를 고르는 일은 마치 테트리스 게임 같습니다. 문장 안에 딱 들어맞는 동사, 형용사 등을 머릿속에서 골라 끼워 넣어야 하니까요. 다른 점이라면 테트리스 게임은 조금만 머뭇거려도 블록이 첩첩이 쌓이니 조급하지만, 단어 고르는 일은 그렇지 않다는 것! 시간은 충분합니다. 고쳐쓰기를 반복하며 문장에 가장 적합한 단어를 까다롭게 고르세요.

나는 사이다에 기댔다. 나는 사이다를 흡입했다. 나는 사이다를 허락했다. 나는 사이다를 입에 물었다…. '세상 모든 어휘를 번갈아 붙여본 후 그중 하나를 고르는 것. 문장력은 어휘력이다. 어휘력은 치열함이다.'*

35년 차 카피라이터 정철은 '어휘력은 치열함'이라고 고백합니다. 어휘력은 치열하게 고민해야만 발전합니다. 고민은 괴로운 한편, 결국에는 쾌감으로 보상받습니다. 수많은 단어 중에 딱 맞는 단어를 발견하는 순간은 마치 일촉즉발 상황에 막대 블록이 '뿅!' 등장한 기분이죠. 막대 블록을 구석에 찔러 넣자 천장에 닿을 듯 조마조마했던 블록 더미가 모두 사라지는 짜릿함, 아는 사람은 다 알 거예요.

물론 적당히 비슷한 단어를 찔러 넣어도 내가 전하려고 했던 '비슷한' 뜻은 전할 수 있습니다. 하지만 '적확한' 단어를 쓰면 뜻 전달이 명확해질 뿐만 아니라 글맛까지 살아납니다. 아래 대화문을 살펴볼까요?

A: 어머, 자두가 나왔네! 한 바구니 사 갈까?
B: 알이 너무 (작아서 / 적어서 / 잘아서 / 가늘어서) 맛이 없을 것 같은데.

괄호 안 단어는 모두 상태를 나타내는 형용사인데요. 맛이 없을 것 같다는 표현을 보니 평균에 못 미치는 모양새를 뜻하겠죠. 여러분이라면 어떤 단어를 고르겠어요?

1. **작다**: 길이, 넓이, 부피 따위가 비교 대상이나 보통보다 덜하다.

● 《누구나 카피라이터》, 정철 지음, 허밍버드, 2021.

2. **적다**: 수효나 분량, 정도가 일정한 기준에 미치지 못하다.

3. **잘다**: 알곡이나 과일, 모래 따위의 둥근 물건이나 글씨 따위의 크기가
   작다.

4. **가늘다**: 물체의 지름이 보통의 경우에 미치지 못하고 짧다.

'적다'를 빼고 모두 사용해도 틀리지는 않지만, 명사 자두와의 연결이 가장 구체적인 형용사를 하나만 꼽자면 '잘다'입니다. '자두가 너무 잘다', '밤이 덜 여물어서 아직 잘다'처럼 '잘다'라는 형용사는 주로 작은 과실을 묘사하는 말로 쓰입니다. '작다'는 가장 기본적이고 평범한 표현이죠. '가늘다'는 왠지 어색하게 느껴지지만 아주 틀린 표현은 아닙니다. '가는 모래'처럼 '물체의 굵기가 보통에 미치지 못하고 잘다'는 뜻으로도 '가늘다'라는 말을 쓰기도 합니다. 저라면, 잘다 〉 작다 〉 가늘다 순으로 고르겠습니다. 주어와 서술어의 궁합이 잘 맞는 순입니다.

내가 표현하려는 의미에 1㎜라도 더 근접한 단어에 우선순위를 매겨보세요. 더불어 주술 궁합이 좋은 쪽, 즉 주어를 묘사하는 대상의 폭이 더 좁은 서술어를 고르면 좋습니다. 구체적이고 생기 있는 문장이 됩니다.

그렇다면 '적다'는 왜 틀렸을까요. '작다'가 물체의 크기나 규모를 보여준다면 '적다'는 양(量)을 나타내는 단위죠. '키가 작다'라고

는 해도 '키가 적다'라고 하면 안 됩니다. '밥이 적다'고는 해도 '밥이 작다'고 하면 안 되고요.

하나 더 연습해볼까요. 두 친구의 대화입니다. 괄호 안에 들어가기에 가장 알맞을 단어를 보기에서 골라주세요.

> A: 그렇게 (①)을 당하고 또 그 사람을 만나러 간단 말이야? (②)스럽지도 않니?
>
> B: 나 아무래도 그 사람한테 푹 빠졌나 봐.
>
> A: 너 그렇게 (③)을 치르고도 고집을 부릴 때마다, 난 정말 (④)스럽더라.

> **보기)** 곤혹 / 모욕 / 치욕 / 곤욕

단어들이 비슷비슷해 보여서 무엇을 넣어도 크게 지장이 없어 보입니다. 그럼에도 미세한 차이를 감지해서 우선순위를 정해보세요. 먼저, 정확한 단어 뜻부터 확인해봅시다.

1. **곤혹**: 곤란한 일을 당하여 어찌할 바를 모름
2. **모욕**: 깔보고 욕되게 함
3. **치욕**: 수치와 욕됨
4. **곤욕**: 심한 모욕. 또는 참기 힘든 일

모욕, 치욕, 곤욕은 비슷한 뜻을 지녔고 '곤혹'은 다른 뜻을 지니고 있네요. 단어의 뜻을 구별했으면 주어와 서술어의 궁합을 고민해 보자고요. 테트리스 블록 방향을 이리저리 바꿔보듯, 문장에 더 잘 어울리는 뉘앙스를 찾아보세요.

국립국어원 표준국어대사전의 용례를 찾아보면, '곤욕'은 주로 '~치르다 / ~겪다'와 함께, '곤혹'은 주로 '~느끼다 / ~스럽다'의 형태로 씁니다. 궁합이 잘 맞는다는 뜻이지요.

> **모범 답안)** ① 모욕 ② 치욕 ③ 곤욕 ④ 곤혹

우선 ④번 자리에는 '곤혹'이 들어가는 데 다른 의견은 없을 거예요. 친구의 처신에 당황스럽다는 의미이므로 모욕을 당한 것과는 거리가 머니까요. 모욕과 치욕을 굳이 구별하자면 치욕에는 '수치'스럽다는 뜻이 포함돼 있으니 친구를 나무라는 의미로 쓰이는 문장 속 ②번 자리에 더 잘 맞아 보입니다. '모욕스럽다'보다는 '치욕스럽다'가 더 자연스럽기도 하고요.

단어의 뜻을 정확하게 알아야 이처럼 분류가 가능합니다. 하지만 헤아리기 힘들 만큼 수많은 단어가 있는데 어떻게 뜻을 다 외우겠어요. 다행히 국어사전이 있잖아요. 글을 읽거나 쓸 때는 국어사전을 늘 곁에 두어야 합니다. 요즘은 국어사전 앱도 잘 나와 있어 스마트폰에서 언제든지 단어를 찾아보기도 좋지요. 헷갈리는 단어는 지나

치지 말고 검색해서 따로 저장해두세요. 저장한 단어가 쌓일수록 단어 간의 궁합을 보는 눈도 점점 높아질 겁니다. 궁합이 잘 맞는 단어가 많이 보이기 시작하면 독해 속도도 빨라집니다.

🎣 문해력 PT

다음 대화문을 읽고 각각 A, B, C에 가장 적합한 단어를 보기에서 골라보자.

1. I

ㄱ: 의사 (A)이 길면 뭐 하니. 정작 자기 몸도 못 챙기고. 아파도 참는 건 집안 (B)인가 보다.

ㄴ: 걱정 마세요. 이제 제 몸 관리에는 (C)이 났어요.

보기) 내력 / 경력 / 이력

2. II

ㄷ: 내일 같이 쇼핑하러 갈래?

ㄹ: 쇼핑 좋지! 뭐 사려고?

ㄷ: 요즘 환경을 생각해서 에코백이랑 텀블러 많이 쓰잖아. 여름 시즌 한정판 새로 나왔길래.

ㄹ: 너 지금 메고 있는 거 에코백 아니야? 그 속에 텀블러도 들어
   있네.

ㄷ: 아, 이건 유행이 지난 디자인이라.

ㄹ: 환경을 생각한다더니 취지가 (A)된 거 아니니. 너도 참 생각
   이 짧다.

ㄷ: 그렇게까지 (B)할 필요는 없잖아. 판매금액의 10%는 환경단
   체에 기부된다.

ㄹ: 널 (B)하는 게 아니라, (C)으로 생각해보자는 거야.

보기) A: 약화 / 퇴색 / 탈색

      B: 평가 / 비평 / 비난

      C: 계산적 / 비판적 / 일반적

모범 답안

1. A:경력   B:내력   C:이력
2. A:퇴색   B:비난   C:비판적

앞뒤를 살펴라
: 생소한 단어

어느 날 메일함을 열었는데 독자에게서 온 메일 한 통을 발견했습니다. 제가 쓴 책에서 '톺아보다'라는 오타를 발견했으니 어서 수정하라는 고마운 제보였죠. 그런데 '톺아보다'는 오타가 아닌 국어사전에 나오는 순우리말입니다. '샅샅이 톺아 나가면서 살피다'라는 뜻을 지닌 동사로, '톺다'는 '틈이 있는 곳마다 모조리 더듬어 뒤지면서 찾다'라는 의미를 담고 있습니다. 생소한 단어를 오기(誤記)로 착각한 해프닝이었죠. '거마비를 챙겨주었다'는 뜻을 모르는 누군가 지식인 사이트에 "고마워서 거마비(고마비~)인가요?"라고 올렸던 질문을 보고 실소를 터뜨렸던 기억도 떠오르네요.

한때 '사흘'이 실시간 인기 검색어로 올라 떠들썩했었죠. 3일을 뜻한다, 4일을 뜻한다, 왜 어려운 말을 쓰냐, 온라인은 그야말로 아비규환이었습니다. '사흘 논란'에 영감을 받은 어떤 이는 '칠새 패러디'를 창조했더군요. 하루 이틀 사흘 나흘 닷새 엿새 칠새 팔새…. 사흘은 한자어가 아닌 날짜를 세는 순우리말이죠. 순우리말이 어려운 단어가 되어버린 씁쓸한 형국. 다시는 실수하지 않도록 이번에 제대로 짚고 넘어갑시다. 다음은 1일이 일요일로 시작하는 가상의 달력입니다.

일	월	화	수	목	금	토
1	2	3	4	5	6	7
하루	이틀	사흘	나흘	닷새	엿새	이레
8	9	10	…			
여드레	아흐레	열흘	…			
바로 며칠 전	이틀 전	하루 전	오늘	하루 후	이틀 후	사흘 후
엊그저께	그저께	어제		내일	모레	글피
					(음력)29 또는 30	
					그믐	

날짜와 관련된 우리말 표현

음력으로 달의 마지막 날은 '그믐'이라고 부르고, 음력으로 한 해 마지막 날을 '섣달그믐'이라고 합니다. 이틀은 '2틀'로 쓰지 않도록 유의하세요.

논란이 되었던 또 다른 사건!

· 상승과 하강으로 명징하게 직조해낸 신랄하면서 처연한 계급 우화

이동진 영화평론가가 쓴 〈기생충〉 한줄평도 오랫동안 회자가 됐

죠. 문제가 된 단어는 '명징'과 '직조'였는데요. 난해한 단어를 꼭 써야만 했느냐고 원성(?)이 자자했습니다. 물론 일상적으로 자주 쓰는 표현은 아닙니다. 한자어를 잘 모르면 어렵게 느껴지기도 하겠죠. 글밥 코치도 이동진 님만큼 어휘력이 뛰어나지는 못해 이와 같은 표현을 창작하지 못합니다. 하지만 문장이 말하는 바는 이해합니다. 모두가 이동진 평론가처럼 수준 높은 어휘력을 구사해야 한다는 말이 아닙니다. 생소한 단어를 만나도 당황하지 않고 해석해보려고 노력하는 태도가 중요하다는 뜻입니다.

생소하게 느껴질 만한 단어를 더 살펴보겠습니다.

· 재귀
· 미욱하다
· 본령
· 하릴없다
· 표표하다

무슨 뜻인지 모르겠다고요? 생전 처음 보는 단어인가요? 그럴 겁니다. 일부러 일상생활에서 잘 쓰지 않는 단어만 골라 왔으니까요. 아래 예문을 보고 단어 뜻을 추측해볼까요.

· 그녀는 어떠한 말이라도 하기 전에 항상 스스로를 성찰하는 **재귀적** 행

동을 한다.

- 그 남자는 **미욱하기가** 곰 같다.

- 시대가 요하는 인재를 배출하는 것 또한 교육의 **본령** 중 하나이다.

- 무더운 날씨 때문에 **하릴없이** 온종일 갇혀 있어야 하는 사내들은 괜히 짜증을 부렸다.

- 가슴속 가득 못다 한 말을 품고도 그렇게 **표표하게** 가버릴 수 있단 말 인가.

*예문 출처: 고려대 한국어대사전

정확한 뜻까지는 몰라도 아까보다는 조금 더 손아귀에 잡히는 느 낌이 들었을 거예요. 단어 하나 덜렁 있을 때보다 문장이 있으면 단 어의 의미를 파악하기가 한결 쉬워집니다. 앞뒤 문맥을 통해 추론하 기 때문이죠.

글을 읽다가 모르는 단어가 나왔다면?

1 모르는 단어 앞뒤 낱말들을 읽어본다

앞의 예문 중 '재귀'가 들어간 문장을 살펴봅시다. '재귀적' 앞에 는 '성찰하는', 뒤에는 '행동을 한다'가 붙어 있습니다. 성찰은 지난 일을 돌아보며 살피는, 반성의 의미를 담고 있죠. 한자어를 잘 몰라 도 앞뒤 단어를 미루어보았을 때 '재귀'는 '되돌아보는 행위'와 관련이 있다고 추측할 수 있습니다.

2 어근 / 접사를 살핀다

파생어는 어근이나 접두사, 접미사와 같은 접사를 통해 그 뜻을 대략 추정해볼 수 있습니다. 접사를 많이 알면 어휘력이 향상될 뿐만 아니라 글을 쓸 때도 풍성하게 표현합니다. 접사는 다음 PT에서 상세하게 다루겠습니다.

3 '나중에' 국어사전을 찾아본다

모르는 단어가 나왔을 때 바로 그 자리에서 뜻을 찾아보기보다는 문맥 안에서 단어의 의미를 유추해보고 표시만 해두세요. 책을 다 읽은 후에 표시해두었던 단어를 국어사전에서 한꺼번에 찾아보세요. 사고력을 키우고 독서 흐름을 끊지 않는 방법입니다.

문해력 PT

1. **예문을 보고 다음 단어가 지닌 의미를 추측해보자.** II

   ① 유장하다: 강물이 굽이굽이 유장하게 흐른다.

   ② 고적감: 모두가 들뜬 명절, 그는 홀로 저녁을 먹다가 고적감에 휩싸였다.

   ③ 굴종: 약자라는 이유로 굴종을 강요해서는 안 된다.

   ④ 일신상: 그 바리스타는 일신상에 문제가 생겨서 카페를 그만두었다.

   ⑤ 생경하다: 처음 본 사이도 아닌데 그날따라 생경하게 느껴졌다.

   ⚡ 정답은 국어사전에서 뜻을 찾아 확인하세요.

2. **위 단어를 사용해서 문장을 지어보자.** III

   예) 고적감이 감도는 노포에 앉아 세월의 유장함을 느꼈다.

   _____

   _____

   _____

   _____

   _____

어휘 응용력을 키우는 방법
: 접사

학창 시절, 어떤 수업을 가장 좋아했나요? 수학과 과학을 어려워 하던 글밥 코치는 국어 시간을 가장 기다렸는데요. 다른 수업 시간 과는 달리 필기도 열심히 했고 그러다 보면 어느새 50분 수업이 쏜 살같이 흘러가곤 했습니다. 그만큼 온전히 집중했다는 뜻이겠죠? 그 럼에도 세월이 흐르고 나니 수업 시간에 배웠던 개념을 대부분 잊어 버려서 성인이 되어 다시 공부했답니다. 잠시 떠올려볼까요? 어근, 어미, 접사… 새록새록 떠오르나요? 기억을 되짚어보는 시간을 가질 게요.

어근이란 '말의 뿌리'라는 뜻으로, 단어에서 중심 의미를 나타내 는 부분을 말합니다. 예를 들어, '한여름'에서 중심 의미는 여름이죠. '한-'은 크다, 혹은 '한가운데'에서 쓰이는 것처럼 '정확하다'라는 뜻을 더하는 접두사입니다. 반면, 뒤에 붙는 접사도 있죠. '값어치'에 서 어근인 '값' 뒤에 달리는 '-어치'와 같은 접미사처럼 말이죠.

여러분이 즐겨 쓰는 접두사 '개-'부터 예를 들어볼까요? 개살구,

개떡, 개수작, 개망나니… 더 심각해지기 전에 이쯤에서 그만하겠습니다. '야생 상태의', '헛된', '정도가 심한'의 뜻을 가진 접두사 '개-'가 있는가 하면, 지우개, 덮개, 불쏘시개, 오줌싸개 등 '그러한 행위를 하는 사람이나 도구'를 뜻하는 접미사 '-개'도 있죠. 이처럼 접사는 어근에 붙어 뜻을 더하거나 품사를 바꾸는 기능을 합니다. 이렇게 만들어진 단어를 '파생어'라고 부르고요.

우리말 접사의 예

1 접두사

- **드-:** 드넓다, 드세다, 드날리다 → 심하게, 높이
- **치-:** 치솟다, 치받다, 치닫다 → 위로 향하게, 위로 올려
- **헛-:** 헛고생, 헛소리, 헛소문 → 이유 없는, 보람 없는
- **막-:** 막사발, 막노동, 막국수 → 거친, 품질 낮은, 닥치는 대로 하는
- **독-:** 독방, 독사진, 독무대 → 한 사람의, 혼자 사용하는

2 접미사

- **-맞이:** 해맞이, 달맞이, 손님맞이 → 어떠한 날, 일, 사람을 맞는다
- **-내기:** 신출내기, 여간내기, 새내기 → 그런 특성을 지닌 사람
- **-치레:** 병치레, 인사치레, 체면치레 → 치러내는 일, 겉으로만 꾸미는 일
- **-당하다:** 거절당하다, 무시당하다 → 피동 / 동사화

2장 어휘 근육

· **-형**: 혈액형, 최신형, 비만형   → 그러한 유형, 그러한 형식

우리말 접사는 몇 개나 될까요? 국립국어원에 따르면 표준국어대사전에 등재되어 있는 접두사는 178개, 접미사는 347개라고 합니다. 새로운 단어를 계속 파생하기 때문에 접사를 많이 알고 다양하게 활용할 줄 아는 능력은 어휘력과 직결됩니다.

접사 중에는 한자어도 꽤 있어 한자어를 많이 알면 접사를 통해 단어 속에 숨은 의미를 읽어내는 데 유리합니다. 가령 담갈색, 담황색 앞에 붙은 '담' 자가 '묽을 담(淡)'이라는 사실을 안다면 그렇지 않은 사람보다 색깔을 상상하기가 더 쉽겠죠.

새로운 지식을 더하는 것만큼 있는 지식을 잘 활용하는 것 또한 중요합니다. 앞으로는 글을 읽을 때 단어의 구조도 잘 살펴보세요. 접두사나 접미사가 교묘하게 숨어 있을지 모르니까요. 포스트잇처럼 단어에 접사를 뗐다 붙였다 하면서 어휘를 응용해보세요.

🎧 문해력 PT

1. 다음 글에 나오는 파생어의 접사는 어떤 역할을 하는지 짐작해보자. (파생어는 색깔로 구분했다.) Ⅰ

실개천을 따라 걷다 보니 개구쟁이 녀석들이 보였다. 강추위에도 아랑곳하지 않고 맨발이 흙투성이가 되도록 뛰어놀고 있었다. 어찌나 재미있어 보이는지 나도 끼워달라고 하고 싶었지만 조카뻘 아이들에게 멋쩍기도 하고 좀스러워 보일까 봐 꾹 참았다. 그때 한 녀석이 야구방망이를 휘둘렀다. 포물선을 그리며 날아간 공은 비명을 지르는 친구 얼굴에 정통으로 맞았다. 내일이면 시퍼렇게 멍이 들 것이다. 그들의 동료애는 과연 지켜질 것인가.

⚡ 각각의 접사가 어떤 뜻을 더하는지는 국어사전에서 찾아 확인하세요.

2. 해당 접사를 품는 또 다른 파생어를 하나씩 떠올려보자. Ⅱ

3. 해당 접사를 품는 또 다른 파생어를 각각 3개 이상씩 떠올려보자. Ⅲ

모범 답안

접두사	접미사
실-: 실개천	**-쟁이:** 개구쟁이
강-: 강추위	**-투성이:** 흙투성이
맨-: 맨발	**-뻘:** 조카뻘
휘-: 휘두르다	**-스럽다:** 좀스럽다
시-: 시퍼렇다	**-애:** 동료애

예) 실-: 실구름, 실핏줄, 실눈, 실금

    -스럽다: 당황스럽다, 걱정스럽다, 거북스럽다, 수치스럽다

  ⚡ 인터넷 국어사전이나 포털사이트에서 찾고자 하는 접두사 뒤에, 혹은 접미사 앞에 붙임표(-)를 붙이면 각 접사가 붙어 있는 단어 목록을 확인 할 수 있습니다. (검색어 예시: '새-', '-적', '-다랗다' 등)

꼭 알아야 할까?
: 한자어

우리말은 고유어, 한자어, 외래어로 이루어져 있습니다. 고유어는 다른 말로 순우리말, 토박이말이라고도 부르죠. 익숙해서 껄끄러운 면이 전혀 없는 '버스', '피아노', '컴퓨터' 같은 단어는 외국에서 들어와 굳어진 외래어입니다. 우리말에 한자어 비율이 꽤 높다는 건 모두 알고 있을 거예요. 우리말의 70%가 한자어라는 말도 있는데 이는 일제강점기 조선총독부가 펴낸《조선어사전》에 해당하는 말이랍니다. 국립국어원에서 펴낸《표준국어대사전》올림말 44만 개 중 한자어 비율은 약 57%라고 합니다.[*] 여전히 비중이 높긴 하지요.

요즘 일상생활에서 한자어 자주 쓰나요? 딱딱하고 어려운 느낌을 주는 한자어는 지양하는 추세입니다. 행정기관에서는 공문서에 쓰이는 어려운 한자용어가 국민과의 의사소통을 방해한다는 이유로 어려운 한자어를 정비하기도 했습니다.

---

[*] 〈표준국어대사전 연구 분석〉, 국립국어연구원, 2002.

2장 어휘 근육

- **명사형:** 구좌(→계좌), 공여(→제공), 내역(→내용), 불입(→납입), 잔여 (→남은, 나머지) 등
- **서술형:** 감안(→고려하다), 등재(→적다), 부착(→붙이다), 소명(→밝히 다), 용이(→쉽다), 감하다(→줄이다), 기하다(→꾀하다), 명하 다(→요구하다), 요하다(→필요하다) 등 •

보수적인 공문서조차 한자어를 퇴출하는 마당에 한자어를 꼭 알 아야 할까요? 같은 뜻이라면 당연히 한자어보다 순우리말을 쓰는 게 좋습니다. 지자체뿐만 아니라, 글을 사용하는 일상 전반에서 한 자어를 점점 줄여나가는 방향이 옳다고 봅니다.

언어는 생명체처럼 끊임없이 변합니다. 한때 유행하던 신조어가 4~5년만 지나도 낡고 촌스러운 느낌이 드는 이유지요. 한자어는 그 보다 뿌리가 깊지만 세대가 교체되면서 자연스럽게 사용 빈도가 줄 어들고 있고, 앞으로도 줄겠죠.

문제는 시간이 걸린다는 거예요. 훈민정음 창제 이후로도 한글은 공용문서에서 한자어의 보조적인 수단으로 쓰이다가 구한말에 한 글과 한자어를 섞어서 쓰는 국한문혼용체가 등장했습니다. 1948년,

• 〈국민이 이해하기 어려운 한자어 공문서에서 퇴출〉, 행정안전부 보도자료, 2019.3.4.

"대한민국의 공용문서는 한글로 쓴다"는 '한글전용에관한법률'이 제정되었지만 정책적으로 실시된 건 1970년대 이후입니다. 초등학교 교과서에 한자 병기를 해야 한다는 주장은 얼마 전까지도 존재했죠. 세로쓰기를 고수하던 신문사들은 1990년대가 되어서야 가로쓰기로 전환했습니다. 이처럼 언어와 표기 방식이 바뀌는 데에는 오랜 세월이 걸립니다.

우리는 세월을 건너뛰어 다음 세대를 살지 못합니다. 지금을 살아야지요. 그렇다면 어떤 선택이 현명할까요? 글을 '쓸 때는' 되도록 한자어를 쓰지 않길 바랍니다. 순우리말을 지키고 키워가는 올바른 변화에 동참하는 거죠. 글을 '읽을 때는' 한자어를 많이 알아두는 게 아무래도 도움이 됩니다. 한자어는 글자 안에 뜻이 담겨 있어 개념을 경제적으로 표현하기 좋습니다. 영어를 잘 모르는 것보다 영어를 잘하는 편이 해외여행을 갔을 때 편하잖아요. 낮은 문해력 때문에 불편을 겪고 싶지 않다면 한자어를 아예 모르는 것보다 어느 정도 아는 편이 낫지 않겠어요? 적어도 내가 발을 딛고 사는 시대에서는요.

한자어를 많이 알면 지식 영역을 과거로까지 확장하기가 한결 수월하다는 이점이 있습니다. 옛사람들의 생활과 지혜가 담긴 고전이나 역사와 관련된 책에는 특성상 한자어가 많이 등장하죠. 한자어를 너무 모르면 끝까지 읽어내기가 만만치 않습니다.

그렇다고 한일 두이 석삼 너구리부터 다시 공부를 시작하자는 소리는 아닙니다. 글을 읽다가 한자어가 나오면 모른다고 짜증을 내거나 지나치지 말고 어떤 뜻인지 찾아보는 정도의 수고는 필요하다는 거예요. 자연스럽게 맥락 속에서 추측해보고 따로 단어장에 기록해두면 더 좋겠죠.

순우리말이 지닌 미덕 중 하나는 아름다움 아닐까요. 일상에서 자주 쓰는 말은 아니지만 몇몇 단어는 일부러라도 뜻을 알아두고 글을 쓸 때 가끔 써먹어보세요. 신선하고 청량한 느낌을 줍니다.

🌿 아름다운 순우리말

- **구메구메:** 남모르게 틈틈이
- **까부르다:** 키질하듯이 위아래로 흔들다
- **너나들이하다:** 서로 너니 나니 하고 부르며 허물없이 말을 건네다
- **다붓다붓:** 여럿이 다 매우 가깝게 붙어 있는 모양
- **따따부따:** 딱딱한 말씨로 따지고 다투는 소리. 또는 그 모양
- **뜨악하다:** 마음이 선뜻 내키지 않아 꺼림칙하고 싫다
- **몽니:** 받고자 하는 대우를 받지 못할 때 내는 심술
- **새물:** 새로 갓 나온 과일이나 생선 따위를 이르는 말
- **시나브로:** 모르는 사이에 조금씩 조금씩
- **애면글면:** 몹시 힘에 겨운 일을 이루려고 갖은 애를 쓰는 모양

· **애오라지**: 겨우, 오로지

· **윤슬**: 햇빛이나 달빛에 비치어 반짝이는 잔물결

· **의뭉하다**: 겉으로는 어리석은 것처럼 보이면서 속으로는 엉큼하다

· **트레바리**: 이유 없이 남의 말에 반대하기를 좋아함. 또는 그런 성격을 지닌 사람

· **풋낯**: 서로 낯이나 익힐 정도로 앎. 또는 그 정도의 낯

· **해거름**: 해가 서쪽으로 넘어가는 일. 또는 그런 때

· **해사하다**: 얼굴이 희고 곱다랗다 / 표정, 웃음소리 따위가 맑고 깨끗하다 / 옷차림, 자태 따위가 말끔하고 깨끗하다

· **헤살**: 일을 짓궂게 훼방함. 또는 그런 짓 / 물 따위를 젓거나 하여 흩뜨림. 또는 그런 짓

· **휘뚜루마뚜루**: 이것저것 가리지 아니하고 닥치는 대로 마구 해치우는 모양

순우리말의 또 다른 매력은 우리 문화와 정서가 스며 있어, 보다 정감 있고 다채롭게 상황을 묘사할 수 있다는 점입니다. 김이삭 시인의 순우리말 민화 동시집인 《여우비 도둑비》에는 비가 오는 상황이나 모습을 동시 32편에 담아 소개하고 있어요. 기껏해야 소나기나 이슬비 정도만 알았다면 이번에 비를 표현하는 다양한 순우리말을 알아가세요.

✿ '비'를 표현하는 순우리말

· **달구비:** 달구(흙바닥을 다질 때 쓰는 굵은 장대)처럼 몹시 힘 있게 쏟아지는 굵은 비

· **도둑비:** 예기치 않게 밤에 몰래 살짝 내린 비

· **목비:** 모낼 무렵에 한목 오는 비

· **비꽃:** 비 한 방울 한 방울. 비가 시작될 때 몇 방울 떨어지는 비

· **술비:** 겨울비. 농한기라 술을 마시면서 놀기 좋다는 뜻으로 쓰는 말

· **약비:** 약이 되는 비라는 뜻으로 꼭 필요할 때에 내리는 비

· **여우비:** 볕이 나 있는 날 잠깐 오다가 그치는 비

· **웃비:** 아직 우기(雨氣)는 있으나 좍좍 내리다가 그친 비

· **작달비:** 장대처럼 굵고 거세게 좍좍 내리는 비

⚡ 여기서 잠깐! 한자 / 한문 / 한자어의 차이

한자는 중국에서 만들고 오늘날에도 쓰고 있는 '문자'를 뜻합니다. 한문은 '한자로 쓰인 문장이나 문학'을 뜻합니다. 한자어는 '한자에 기초하여 만들어진 말'로, 한글로 표기하고 필요한 경우 괄호 안에 한자 표기를 덧붙입니다.

문해력 PT

1. 앞에서 소개한 예시 외에 순우리말 10개를 인터넷에서 찾아 써보자. (뜻도 함께 쓰자.) ⌶

① _____

② _____

③ _____

④ _____

⑤ _____

⑥ _____

⑦ _____

⑧ _____

⑨ _____

⑩ _____

2. 앞에서 소개한 '아름다운 순우리말'을 3개 이상 넣어 글을 지어보
자. (분량은 자유롭게) ✍

예) 해거름에 소희 언니와 편의점 앞에서 만나기로 했다. 아직은 풋낯이지
만 내일부터는 같이 산책도 하기로 했다. 시나브로 가까워지면 구메구
메 간식도 챙겨주고 너나들이해야지.

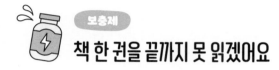

책 한 권을 끝까지 못 읽겠어요

어휘 근육을 키우느라 고생했습니다. 잠시 쉬어 갈까요? 문해력 충전에 좋은 보충제 한 잔을 준비했으니 시원하게 들이켜세요. 보충제에는 단백질 대신 '독서력' 한 스푼을 넣었습니다. 다음 주부터 본격적으로 독서 근육을 키워야 하니 맛보기라고 생각해도 좋습니다.

글밥 코치 주변에도 "책 읽기가 너무 힘들어요", "아무래도 난독증인가 봐요" 하는 분이 많습니다. 책 읽기가 어렵고 제대로 이해하지 못하는 원인은 여러 가지가 있겠지만 가장 큰 이유는 그동안 독서를 충분히 하지 않아 독서 근육이 발달하지 못해서죠. 즉, 글을 읽고 의미를 해석하는 다양한 기술을 습득하지 못했기 때문입니다.

책 한 권을 끝까지 다 읽는 게 부담스럽다면, 신문 사설을 매일 한 편씩 읽는다거나 경제·예술·자동차 등 관심 분야 잡지를 구독해서 가볍게 시작하는 것도 좋습니다. 다만 모바일에서 흔히 보는 짧은 요약 글이 아닌, 기승전결을 갖춘 글을 읽기 바랍니다.

　책을 충분히 많이 읽었는데도 문해력이 부족하다면 목적 없이 해치우듯 책을 읽는 건 아닌지 점검해볼 때입니다. 책을 읽을 때마다 목적을 가지라는 뜻은 아닙니다. 책은 지식을 얻는 수단이기 전에, 놀이도구이기도 하니까요. TV나 영화 보기처럼 독서를 취미로 즐기는 일, 그야말로 권장하는 바입니다.

　다만, 문해력 PT를 시작한 까닭을 잊지 말아야겠죠. 더 수준 높은 글을 읽고 싶고, 내 삶에 적용하는 독서를 하고 싶은 것 아니겠어요? 너무 쉬운 내용만, 내가 좋아하는 분야에만 치우쳐 읽는 독서로는 문해력을 끌어올리기 힘듭니다. 어렵고 내키지 않아도, 때로는 고통스러워도 포기하지 않는 독서가 문해력을 키웁니다.

　책과는 상극이라며 자신을 탓할 필요는 없습니다. 인류는 태초부터 책을 읽을 계획이 없었습니다. 필요해서 발명한 기술이죠. 《책 읽는 뇌》, 《다시, 책으로》를 쓴 세계적인 인지 과학자 매리언 울프는 독서가 선천적 능력이 아니라고 주장합니다. 무수한 반복 훈련을 통해 획득하는 것이라고요. 그는 뇌를 활용하는 정도에 따라 독서가를 다섯 단계로 나눕니다.

숙련된 독서가로 향하는 다섯 단계

1단계 예비 독서가	6세 미만. 부모의 말소리를 듣고 다양한 음성, 개념, 단어 등을 학습한다.
2단계 초보 독서가	보통 6~8세. 단어에 의미가 있다는 것은 알지만 문자와 소리가 어떻게 맺어지는지 헷갈린다.
3단계 해독하는 독서가	보통 8~11세. 어휘력과 문법 지식을 쌓아가는 시기. 글을 매끄럽게 읽는다.
4단계 유창하게 독해하는 독서가	반어법, 은유, 숨겨진 작가의 뜻을 알고 잘못 이해한 내용은 스스로 교정할 수 있다.
5단계 숙련된 독서가	책을 읽을 때 뇌의 언어를 담당하는 영역뿐만 아니라 감정, 기억, 운동 등 다양한 영역까지 동시에 활성화되어 사색과 추론, 다채로운 응용이 가능하다.

성인이라면 4~5단계 어디쯤에 있을 거예요. 문해력 PT의 목표는 숙련된 독서가! 숙련된 독서가가 되려면 무엇을 해야 할까요? 결국엔 독서입니다. 땅속 씨앗이 싹을 틔울 때까지 꾸준히 물을 주듯, 책을 읽기 수월해질 때(책 읽는 뇌로 변할 때)까지 계속해서 책을 읽어야 합니다. 물론 책을 읽을 때 뇌 영역 전반이 제대로 활성화되고 있는지 스스로 느끼지는 못합니다. 새싹이 땅을 뚫고 고개를 내밀기 전까지 그 존재를 의심하듯이요. 어느 날 갑자기 느낄 거예요. '어? 책 읽기가 예전보다 수월해졌어!'

여기서, 또 한 가지 궁금증이 생기죠. 본격적으로 책을 읽으려고 하니 좋은 장비부터 갖춰야 할 것 같아요. 종이책과 전자책 중 무엇으로 읽어야 더 효과적일지, 요즘은 귀가 즐거운 오디오북도 유행이라는데!

종이책 vs 전자책, 그리고 오디오북 무엇으로 읽을까?

글밥 코치는 종이책을 주로, 전자책은 보조로 읽습니다. 종이책은 휴대가 불편한 것과 나무에게 미안한 점을 빼면 나무랄 데가 없습니다. 혹자는 책장을 넘길 때의 손맛, 새 책 냄새가 좋아서 종이책을 선호한다고 하던데 공감합니다. 그런데 이 손맛(?)이 과학적으로도 일리가 있다고 합니다. 종이책은 읽을수록 왼쪽 장과 오른쪽 장의 두께가 달라지죠? 진도가 나갈수록 왼쪽은 점점 두꺼워지고 오른쪽은 얇아집니다. 문장을 읽을 때 시각, 촉각(종이 질감, 변화하는 부피감), 심지어 후각(새 책에서 나는 잉크 냄새, 헌책에서 나는 낙엽 냄새)까지 활성화해 온몸으로 읽는 셈이죠. 반면 전자책은 이야기 진도가 나가도 늘 똑같은 형태에 머무르니 내가 얼마나 읽었는지 감각적으로 와닿지 않습니다.

기억은 눈이 아니라 뇌가 하는 것이기 때문에 다양한 신체감각을 동원해서 읽으면 집중력이 높아지고 더 많은 정보가 나에게 스며듭니다.

책과 나 사이에 다양한 맥락을 만들어놓는 거예요. 그런 의미에서 눈으로는 종이책을 읽으면서 동시에 귀로는 오디오북을 들으면 어떨까요. 전자책을 절대 미워하는 건 아니에요. 600페이지가 넘는 '벽돌 책'을, 언제 어디서든 꺼내보기 좋은 전자책 도움 없이 끝까지 읽어내기란 쉽지 않으니까요.

고수는 장비 탓을 하지 않는다고 하죠? 언제든지 독서의 세계에 접속하도록 두루 갖춰놓자고요. 내 방은 물론 거실 테이블, 화장실에도 한 권씩 던져두고요. 대중교통을 이용할 때는 손목이 편안한 전자책을 읽고, 운전할 때는 오디오북을 틀어놓으면 좋겠죠.

문해력 높이기!
어떤 책부터 읽을까?

1 뇌 과학 분야

인간이 어떤 방식으로 생각하는지, 사고 체계가 어떤 과정을 거쳐 발달하는지 원리를 알면 독서에도 동기부여가 됩니다. '습관'이 만들어지는 뇌의 메커니즘을 이해하면 독서와 글쓰기 습관을 유지하는 시스템을 스스로 설계하고 이를 실천합니다.

생소한 용어와 개념이 자주 등장하죠. 어휘, 독서 근육이 발달할 뿐만 아니라 풍부한 배경지식이 쌓입니다. 잘 이해가 될 때까지 계독(한 분야의 책을 여러 권 읽기)하면 좋습니다.

술술 넘어가는 책 200권을 읽으면 왠지 모르게 뿌듯하겠지만 문해력이 높아지진 않습니다. 한 번에 이해가 되지 않는 책, 다시 읽고 곱씹고 궁리하게 만드는 여백이 있는 책을 찾아 읽으세요. 글을 쓸 때는 술술 읽히게 쓰고, 책을 읽을 때는 자꾸 멈추게 하는 책을 고르세요.

독서력 더하기!
다산 정약용처럼 읽어보자

독서를 인간이 해야 할 첫 번째 일로 꼽으며 살아생전 500여 권의 책을 저술한 '독서광' 다산 정약용 선생. 그는 어떻게 책을 읽었을까요?

1. **정독**: 뜻을 새기며 자세히 읽는다.
2. **질서**: 읽다가 떠오르는 생각을 기록한다.
3. **초서**: 중요한 구절이 나오면 그대로 옮겨 적는다.

문해력을 키우는 가장 효과적인 독서법 아닐까 싶습니다. 글밥 코치도 질서와 초서를 하며 책을 정독합니다. 책에서 중요하다고 생각하는 부분에 밑줄을 긋거나 귀퉁이를 접어 표시해둡니다. 책을 다 읽고 나면 손으로 옮겨 적고 내 의견을 덧붙이거나, 내용을 타이핑해서 PC에 따로 모아둡니다. 그렇게 모아둔 문장은 글을 쓸 때 영감의 원천이자 귀한 자료가 됩니다.

3장

독서 근육

효과적으로 책을 읽는 기술

책 읽기 전에 준비운동부터
: 독전감

책을 다 읽고 나면 독후감이나 서평을 쓰나요, 아니면 바로 덮고 다른 책으로 넘어가나요? 기록을 남겨야 내용이 더 끈끈하게 기억에 달라붙는다는 사실을 알지만 쉽지 않습니다. 막상 쓰려고 하면 어떻게 시작해야 할지 깜깜하죠. 그래도 자꾸 시도해보세요. 책을 읽고 나만의 언어로 정리하는 일은 문해력뿐만 아니라 문장력 향상에도 보탬이 됩니다. 독후감(서평)을 쓰는 방법은 글밥 코치의 글쓰기 책《나도 한 문장 잘 쓰면 바랄 게 없겠네》5장에 자세히 다루었으니 참고하세요.

독후감이 너무 부담스럽고 어렵게 느껴진다면 독전감(讀前感)부터 제안해봅니다. 독후감이 책을 읽고 난 뒤의 소감을 정리하여 글을 쓰는 것이라면, 독전감은 책을 본격적으로 읽기 전에 내용을 예상하고 느낌을 써보는 것입니다. 독후감이 책에서 얻은 정보와 지식을 잘 갈무리하여 장기기억 저장소에 넘기는 작업이라면, 독전감은 독서 과정에서 몰입을 돕고 중요한 내용과 나에게 필요한 부분을 효과적으로 선별해서 거두도록 도와주는 준비운동입니다.

에이브러햄 링컨은 "나무를 벨 시간이 여덟 시간 주어진다면 여섯 시간은 도끼날을 가는 데 쓰겠다"고 했다죠? 여섯 시간까지는 아니어도, 책을 읽기 전 마음가짐을 다질 시간이 필요합니다. 스스로 동기부여하는 의식이죠. 이제 막 고무장갑을 끼려고 하는데 엄마가 "설거지 좀 해라! 너는 어떻게 네가 먹은 것도 안 치우니" 하고 말하면, 고무장갑을 홱 빼버리고 싶잖아요. 그런데 내가 하고 싶어서 하는 일은 누가 뜯어말려도 합니다. 스스로 '할 만한 가치'가 있다고 믿기 때문이에요. 즉 내재적 동기가 작용하는 것이죠.

내재적 동기는 새로운 것을 접하면서 느끼는 호기심에서 발생합니다. 호기심을 느낄 때 우리 뇌에는 도파민이라는 신경전달물질의 분비가 증가하는데요. 도파민은 동기부여와 보상을 하는 역할 등을 담당합니다. 독서를 하기 전에 책 내용을 예측하면서 기대감을 높이면 도파민은 긍정적인 동기부여를 일으키겠죠. 집중력이 높아지고 목표를 이루고자 하는 마음도 강해집니다. 책을 더 적극적으로 읽게 되겠죠.

호기심이 기억력을 높인다는 연구 결과도 있어요. 캘리포니아대 마티아스 그루버 박사는 실험 참가자에게 어떤 퀴즈를 내고 정답을 알려주기 전에 모르는 사람의 얼굴 사진을 잠깐 보여주었는데요. 뇌 영상을 촬영해 확인한 결과, 정답을 궁금해하던 사람들은 그렇지 않은 사람보다 모르는 사람의 얼굴을 기억해내는 비율이 높았고, 하루

뒤 똑같은 질문을 했을 때 정답을 기억해내는 비율도 높았습니다.[*]

이처럼 책을 읽기 전에 사전 정보를 탐색하면서 호기심을 깨우고 기대하는 마음으로 준비하면 독서에 더 쉽게 몰입하고 오래도록 기억에 남겠죠?

잠들어 있는 호기심을 깨우는 '독전감' 쓰는 법

1 책의 제목, 부제를 소리 내어 읽고 글로 베껴 쓴다. 표지 그림을 살펴보고 앞뒤 면에 있는 카피도 써보자

→ 이를 보고 느낀 점을 간단히 적는다.

2 책날개에 있는 저자 소개를 읽어본다. 저자의 다른 저서가 있으면 어떤 책인지 제목도 살펴본다. 인터넷 검색으로 더 자세히 알아봐도 좋다

→ 저자의 이력에서 더 궁금한 점, 새로 알게 된 점을 작성한다.

3 목차의 장 제목을 쓴다

---

[*] "States of Curiosity Modulate Hippocampus-Dependent Learning via the Dopaminergic Circuit", Matthias J. Gruber et al., 〈Neuron〉, vol.84, no.2, 2014.

4 세부 목차를 눈으로 읽으며 어떤 내용일지 예측해본다

5 각 목차에서 어떤 내용이 기대되는지 장별로 간단히 적어본다

→ 목차 내용과 구성을 살펴보고 본문 내용이 어떻게 진행될지 예상해보자. 실제와 달라도 괜찮다. 예측해보는 것만으로도 책을 읽을 때 주의집중력이 높아진다.

지금부터 독전감 쓰는 법의 예시를 보여드리겠습니다.

	《나도 한 문장 잘 쓰면 바랄 게 없겠네》 완전 초보도 3주 만에 술술 쓰게 되는 하루 15분 문장력 트레이닝
제목(부제) / 카피	"운동하듯이 꾸준히 이 매뉴얼대로 훈련해보세요. 어느새 잘 쓰게 될 겁니다, 분명히!" "숨어 있던 창의력 근육을 찾아 단단하게 해줄 하루 15분 글쓰기 PT" "막힘없이 나만의 표현을 쓸 수 있게 도와주는 글밥 코치의 문장력 업그레이드 홈트가 시작됩니다"
	→ 글쓰기 초보에게 기초를 알려주는 책이로군. 3주 동안 매일 15분, 구체적으로 기간을 정해주니 스케줄대로 따라 해보기 좋겠어. '분명히 잘 쓰게 된다'라니… 무슨 자신감이지? 글쓰기를 홈트에 비유하다니 흥미롭네.
표지 그림	→ 미로 그림에 당황하는 캐릭터 표정. 각종 문장부호가 있는 글쓰기 미로를 통과하고 나면 '한 문장 잘 쓰게 된다'는 뜻 아닐까.

저자 정보	김선영(글밥), 13년 경력 방송작가, 전작 《오늘 서강대교가 무너지면 좋겠다》
	→ 방송작가가 쓴 글쓰기 책이구나. 방송 글과 관련된 노하우도 책에 나오려나? 전작 제목이 독특하네. 이유가 궁금한데 나중에 읽어 봐야지.
목차	1장. 준비 – 신체검사와 오리엔테이션 2장. 초급 – 기초 체력 다지기 3장. 중급 – 부위별 큰 근육 키우기 4장. 고급 – 섬세한 잔근육 만들기 5장. 실전 – 강한 문장 써먹기
	→ 글쓰기를 운동에 비유해 장을 구성했구나. 글쓰기도 운동처럼 꾸준히 하면 근육이 붙는다는 뜻이겠지? 큰 근육과 잔근육이 무엇을 상징하는지 궁금하네. 장 제목을 봤을 때 점점 난이도가 올라가는 느낌. 5장은 실전 편이니 업무에도 도움이 될 만한 내용이 들어 있을 듯.
무엇을 얻을까 (독서 목표)	→ 초보를 위한 책이니까 글쓰기 기본기를 확실히 얻어 가고 싶다. 하루 15분이니 부담 없을 듯. 3주 동안은 무슨 일이 있어도 읽고 써야지.
	→ 최종 목표는 5장에 나오는 '브런치 작가' 도전하기! 이번에는 꼭 해내고 말 테다.

ꞓ 문해력 PT

책장에 꽂혀 있는 책 중에 '읽어야지' 생각만 하고 미뤄두었던 책 한 권을 뽑자. 내키는 책이 없다면 서점이나 도서관으로 갈 것.

1. 표지와 목차를 꼼꼼히 살펴보며 독전감을 작성해보자. **I**

2. 독전감을 다 썼으면 바로 독서를 시작하자. **II**

소리 내어 읽기
: 낭독

비대면 시대가 되면서 온라인에서 사람을 만나는 일이 늘었죠. 글밥 코치도 화상회의 플랫폼에서 글쓰기 수업을 종종 진행하고 있습니다. 화면에 지문을 공유하여 수강생들과 함께 읽고 채팅창에서 어색한 문장을 실시간으로 고쳐보기도 하는데요. 이때 사용하는 지문은 보통 수강생이 직접 쓴 글에서 일부를 가져옵니다. 함께 고치기 전에, 글을 쓴 사람(글 주인)에게 먼저 소리 내어 읽어달라고 요청합니다. 대부분 몇 번이고 퇴고한 자신의 글을 읽는데도 어색해합니다. 잘 읽히지 않아 도중에 멈추었다가 다시 읽기도 합니다. 글을 다 읽고 나면 글밥 코치가 물어요.

"문장에서 고치고 싶은 부분이 있나요?"
"이 문장은 너무 길어서 중간에 한 번 끊어 가고 싶고요. 다섯 번째 문장은 주술 호응이 안 맞네요. 글 제출하기 전에 여러 번 고쳤는데도 소리 내서 읽으니 또 새롭네요."

소리 내서 글을 읽으면 마음속으로 조용히 읽을 때보다 얻는 이점
이 꽤 있습니다.

소리를 내어 읽으면 왜 좋을까?

1 집중이 잘된다

책을 읽을 때 집중력이 자꾸 흩어지는 이유가 무엇일까요. 30년
넘게 학생들에게 읽기와 쓰기를 지도한, 청소년 독서 지도 전문가
크리스 토바니는 '산만한 목소리'가 선을 넘기 때문이라고 표현하는
데요.●

책을 읽을 때 우리 내면에는 다양한 목소리가 함께 떠들어댑니다.
'소통하는 목소리'는 독서에 집중하게 만드는 목소리예요. 글을 읽
으면서 연상하고 질문하며 이해가 안 되는 대목을 식별하고 찬반 의
견을 나타내는 머릿속 생각을 뜻합니다. 반면, 독서를 방해하는 '산
만한 목소리'도 있어요. 특정한 연상이나 질문, 개념의 방해를 받아
텍스트와 무관한 생각으로 끌고 가려고 하죠.

낭독할 때 모습을 떠올려보세요. 단순히 입을 벌려 목소리만 내는
게 아닙니다. 성대, 입술, 혀를 움직이죠. 글을 따라가며 끊임없이 눈

●《읽어도 도대체 무슨 소린지》, 크리스 토바니 지음, 송제훈 옮김, 연암서가, 2020.

동자를 굴리고 귀로는 내 입에서 나오는 소리를 듣습니다. 감각기관이 계속 일하니 딴생각이 침입할 겨를이 없습니다. 소리 내어 읽으면 산만한 목소리가 쉽게 선을 넘지 못합니다.

2 모르는 부분을 확인한다

소리 내어 읽다 보면 특정 부분에서 막히거나 발음이 꼬일 때가 있는데요. 발음이 어려운 단어가 아니라면, 보통 이해가 잘되지 않는 부분에서 그런 현상이 나타납니다. 눈으로만 읽을 때는 지나갔을지 몰라도, 소리를 내어 읽으면 거슬리는 부분이 표면으로 돌출되는 것이죠. 잘 모르는 부분을 다시 읽고 멈추어 생각할 기회가 생깁니다. 모르는 부분이 있다는 사실을 알았으니 관련 자료를 찾아보기도 합니다. 독서를 능동적으로 합니다.

3 오래 기억한다

소리 내어 읽으면 눈으로만 보는 게 아니라 말하고 듣기 때문에 조용히 읽을 때보다 뇌가 활성화되어 내용이 더 오래도록 기억에 남습니다.

일본의 뇌 과학자 가와시마 류타 교수의 연구 결과가 이를 증명합니다. 그는 아이들이 묵독을 할 때와 낭독을 할 때 뇌의 활성화 정도를 촬영해 비교했는데요. 낭독을 할 때 뇌의 20~30%가 더 활성화되었고, 기억력은 20% 더 높아졌다고 합니다.

이런 장점에도 낭독하라고 하면 왠지 낯설고 부끄럽게 느껴집니다. '시 낭송 대회'처럼 특별한 경우에만 읽는 방법처럼 느껴지고요. 그런데 낭독이 묵독보다 더 유서 깊은 읽기 방법이었다는 사실 알고 있나요? 인쇄술이 발달하기 전에는 성직자가 성경을 낭독하며 대중에게 읽어주었다고 합니다. 불교, 힌두교 등 종교 경전도 낭송으로 전해 내려왔다고 하죠. "하늘 천 따 지!" 큰 소리로 글을 읽는 옛 서당 풍경을 떠올려보세요.

혼자서 잘 안되면 온라인 낭독 모임에 참여하거나 모임을 직접 만드는 방법도 있습니다. 요일과 시간을 정해놓고 화상회의 플랫폼, 혹은 그룹콜에서 모여 같은 책을 한 페이지씩 돌아가면서 소리 내어 읽는 거죠. 모임 뒤풀이는 자연스럽게 독서 토론으로 이어지겠죠?

💭 문해력 PT

1. 책 한 권을 골라 10분 동안 낭독해보자. (매일 아침 10분씩 낭독 루틴을 만들어보는 건 어떨까?) Ⅰ

2. 잘 안 읽히는 부분은 집중해서 세 번 읽어보자. Ⅱ

3. 책을 좋아하는 친구들을 모아 온라인 낭독 모임을 꾸려보자. 혼자서 읽기 어려웠던 고전을 한 권 선정해서 모임원과 돌아가면서 함께 읽자. Ⅲ

질문하며 읽기
: 하브루타

아이나 어른 할 것 없이 질문하기를 두려워합니다. 학교에서는 내가 질문을 하면 수업이 길어질까 봐(다른 학생들에게 피해를 줄까 봐), 다른 애들은 다 아는데 나만 모르는 게 아닐까 창피해서 궁금해도 참지요. 고백하건대 글밥 코치도 학창 시절, 질문을 하고 싶어도 눈치가 보이고 떨려서 꾹 참은 적이 많습니다. 성인이 되면 이유가 더 얄궂어집니다. 교양이 부족해 보일까 봐, 이 나이에 질문하기가 쑥스러워서, 튀어 보일까 봐 등등 남의 눈치를 살피기 바쁩니다. 그 정도면 차라리 낫습니다. 가장 심각한 문제는 "궁금한 게 없다"는 점이에요.

설마 세상 이치를 이미 다 섭렵해서 궁금한 점이 없을까요. 우리는 어렸을 때부터 수동적으로 듣고 외우는 공부를 하면서 '스스로 생각하는 힘'을 제대로 키우지 못했습니다. 누가 그렇다고 하면 그저 그런 줄로만 압니다. 가짜뉴스가 곳곳에 도사리고 있는 사회에서 위험한 자세입니다.

아무리 훌륭한 책을 읽어도 "저자의 말은 무조건 옳다"는 식으로 비판 없이 수용하면 올바른 독서가 아닙니다. 나만의 생각, 철학을 세우려고 책을 읽는 것이지, 저자의 복제인간을 양산하려는 목적이 아닙니다. 책을 읽으면서 자꾸만 의문을 갖고 질문을 던지세요. '글 쓴이는 왜 그렇게 주장할까?', '가만, 앞에서 했던 말과 모순인 것 같 은데?' 하고요. (지금 글밥 코치가 하는 주장도 무조건 믿지 말고 의심하기 바랍니다.)

《문해력 공부》를 쓴 김종원 작가는 현실을 해석하는 수준을 바꾸 려면 현실을 제대로 인식해야 하는데, 이때 가장 좋은 방법이 '질문' 이라고 말했습니다. '현실을 해석하는 수준'은 다른 말로 하면 문해 력이겠죠. 결국, 문해력을 키우는 첫걸음은 질문입니다. 지금부터라 도 물음표를 찍는 연습을 해봅시다.

아이를 키운다면 '하브루타'를 한 번쯤 들어보았을 거예요. 짝을 지어 공부하는 유대인의 전통적인 토론법이자 교육문화입니다. 학 교에서는 책상 앞에서 친구들과, 집에 돌아와서는 식탁 앞에서 부모 님과 아이가 끊임없이 서로에게 질문하고 답하며 생각을 나눈다는 데요.

미국 실리콘밸리, 뉴욕 등지에서 유니콘 기업을 연달아 배출하고 구글, 메타(구 페이스북) 등 세계를 아우르는 빅테크 기업을 창업한 유대인들. 많은 사람들이 혁신의 비결 중 하나로 유대인의 교육법을 손꼽습니다. 남의 눈치를 보지 않고 궁금한 건 끝까지 파고드는 태도가 학문적인 성과로 나타난다는 것인데요, 설득력이 있죠?

좋은 건 따라 해야죠. 하브루타를 독서에 적용해보는 거예요. 역시나 핵심은 '질문'입니다. 질문은 크게 세 가지 유형으로 분류하는데요. 아래 예문을 읽고 하브루타식 질문을 만들어보겠습니다.

> 내게는 매 순간 미래의 삶을 새로 설계하고 새로운 도전을 할 권리가 있다. 물론 욕망을 충족하는 것보다는 규범을 따르는 삶이 더 훌륭할 수 있다. 개인을 중심에 놓고 생각할 때 최고의 도덕적 이상은 이타성이라는 라인홀드 니버의 말이 옳다고도 본다. 그러나 이타성이라는 이상을 추구하는 것도 스스로 세운 준칙에 따른 행위일 때 기쁨이 되지 않겠는가. 욕망을 억압하면서 규범에 따르는 일이 참기 어려울 만큼 어색하고 불편하고 고통스럽게 느껴진다면 욕망을 표출할 수 있는 문을 더 넓게 열어주는 것도 나쁘지 않다고 생각한다. 규범은 자기 자신이 기쁜 마음으로 자연스럽게 감당할 수 있는 만큼만 따르면 된다.[*]

---

[*] 《어떻게 살 것인가》, 유시민 지음, 생각의길, 2013.

하브루타 독서 질문 만들기

1 사실을 묻다: 책 내용의 객관적인 사실을 확인하는 질문

· 라인홀드 니버는 개인을 중심에 놓고 생각할 때 최고의 도덕적 이상을 무엇이라고 했나?

· 이타성 추구는 무엇에 따르는 행위일 때 기쁨이 되는가?

· 저자는 규범을 어느 정도로 따르면 된다고 주장하는가?

2 생각을 묻다: 책 속 상황(사건)이나 인물, 저자에게 하고 싶은 질문

· 저자는 왜 욕망을 충족하는 것보다 규범을 따르는 삶이 더 훌륭할 수 있다고 말하는 것일까?

· 이타성을 추구하는 것도 스스로 세운 준칙에 따른 행위일 때 기쁨이 된다고 저자가 말하는 이유는 무엇일까?

· 개인을 중심에 놓고 생각할 때 최고의 도덕적 이상이 이타성이라면, 사회를 중심으로 생각할 때 최고의 도덕적 이상은 무엇일까?

3 적용을 묻다: 책 내용을 내 상황에 어떻게 적용할지 사색하는 질문

· 나는 규범을 지키려고 욕망을 억압한 적이 있는가?

· 나에게는 규범을 따르기 힘들 때 '욕망을 표출할 수 있는 문'이 있는가?

· 내가 기쁜 마음으로 감당할 수 있는 규범에는 어떤 것들이 있는가?

한 단락 글에도 이렇게 많은 질문을 꺼낼 수 있습니다. 함께 책 이야기를 나눌 친구가 있다면 유대인처럼 서로 번갈아가면서 묻고 답하면 더 좋겠죠. 상대방의 관점까지 들어볼 수 있으니까요. 하지만 혼자서도 가능합니다. 스스로 질문하고 답해보세요. 책에서 얻은 영감을 내 삶에 직접 적용해볼 절호의 기회인데 놓칠 수 없죠.

질문하며 읽으면 깊이 읽습니다. 대충 여러 번 읽는 것보다 깊이 한 번 읽는 게 낫습니다. 책을 빨리, 많이 읽는다고 좋은 게 아니에요. 얼마나 내 것으로 소화했느냐가 더 중요하죠. 애써서 책을 읽고 남는 게 없다고, 이해가 잘 안된다고 하지 말고 끊임없이 질문하며 천천히 읽어보세요. 숙달될 때까지는 책 옆에 독서 메모장을 두고 의문이 생길 때마다 직접 질문을 손으로 쓰면 좋습니다. 책을 읽다가 운 좋게 답이 떠오르면 답도 적어보고요. 나중에는 굳이 손으로 쓰지 않아도 머릿속에 물음표와 느낌표가 번갈아 튀어나올 겁니다.

⌕ 문해력 PT

1. 가장 최근에 읽었던 책을 꺼내 한 챕터 읽고 하브루타 독서 질문 세 가지(사실, 생각, 적용)를 각 1개씩 만들어보자. *II*

2. 책을 읽고 하브루타 독서 질문 세 가지를 각 3개씩 만들어보자. *III*

3. 질문에 답도 적어보자. *IIII*

한 줄로 요약하며 읽기
: 핵심 문장

문해력이 좀 떨어진다고 모든 글을 이해 못 하는 건 아니죠. 보통 문장 호흡이 길거나 생경한 개념이 자주 등장하는 글을 어려워합니다. 눈으로 글을 따라가며 뇌에서 실시간으로 해석을 해야 하는데 시간차가 벌어지기 때문이에요. 영화 〈모던 타임스〉에서 나사를 조이는 찰리 채플린처럼 머릿속은 쉴 틈이 없습니다. 새로운 개념을 나만의 언어로 정의 내리고, 비슷한 내용끼리는 한데 묶습니다. 또 무엇이 상위 개념이고 하위 개념인지 따져야 하죠. 이런 사고를 할 때 뇌는 '작업기억(단기기억)'을 사용합니다.

인지심리학에서는 인간의 기억을 장기기억, 작업기억 등으로 분류합니다. 장기기억은 완전히 고정된 기억을 말합니다. 어렸을 때 가족과 계곡에서 놀던 추억을 몇십 년이 흘러도 잊어버리지 않는 이유는 그것이 장기기억이기 때문입니다. 작업기억은 시각, 청각, 촉각 등 우리의 감각기관을 통해 얻은 정보를 능동적으로 이해하고 조작하는 과정을 일컫습니다. 작업기억은 짧으면 몇 초 정도 유지되며 쉽게 휘발합니다.

독서력이 부족하면 작업기억에 혼선이 옵니다. 뇌에 정보를 처리하는 작업 선반이 있다고 상상해보세요. 선반 위에 낯선 재료(단어, 문장)가 어지럽게 흩어져 있어요. 내용을 이해한다는 건 재료를 요리조리 조합해보면서 공예품(이해)을 만드는 과정과 비슷합니다. 복잡한 DIY 가구를 조립할 때도 자꾸만 설명서를 들춰 봐야 하잖아요. 앞서 봤던 내용을 기억하는 동시에 연달아 나오는 정보를 더해서 순서대로 올바르게 조작해야 하니 골치가 아플 수밖에 없습니다. 어느 순간 짜증이 올라오거나 숨이 턱 막히는 느낌도 들고요. "아, 몰라!" 하고 포기하고 싶어지죠. 어려운 책을 읽을 때 기분과 비슷하지 않나요?

다음 글을 읽어보세요. 완벽히 이해하지 못해도 괜찮으니까 처음부터 끝까지 '눈으로만' 읽어보자고요. 고등학교 3학년 학생들이 풀던 문제의 지문이랍니다.

사람이 사는 곳에는 고통이 존재한다. 칸트는, 고통이 쾌락의 전제가 되고, 쾌락과 쾌락 사이에 개입하여 건강을 유지하는 데 없어서는 안 될 요소라고 보았다. 그런가 하면 라이프니츠는 고통을, 궁극적 선을 이루기 위한 신의 섭리가 실현되는 과정이라고 설명하였다. 비록 고통스러운 과정을 거치기는 하지만 결국에는 신이 설정한 목표에 이른다는 것이다. 고통에 대한 이러한 논의들이 관념적이고 추상적인 목적론에 입각한 것이라고 비판하면서 고통을 인간의 실천 윤리와 관련지은 철학자가 바로 레비나스다. 그렇다면 고통은 어떻게 인간의 윤리적 측면에 관여하는 것일까?

고통을 당하는 사람은 소리를 지르거나 신음 소리를 낸다. 레비나스에 따르면 고통은 자신의 수용 범위를 넘어서는 그 어떤 것이다. 따라서 이 외침과 신음에는 근원적으로 타인의 도움에 대한 요청이 깔려 있다. 이 요청은 곧 타인과의 관계를 연다는 것을 뜻한다. 그러나 이 '열림'은 '절반의 열림'이다. 이것이 '완전한 열림'이 되기 위해서는 고통받는 사람의 호소에 대한 응답이 있어야 한다. 그런데 육체를 지닌 인간의 자기중심적인 본성에 비추어 볼 때, 타인의 고통에 대해 응답하는 모순적인 행동은 어떻게 설명할 수 있을까?

레비나스는 인간을 자기 보존성을 지니는 존재인 동시에 타자(他者)를 지향하는 존재로 본다. 그는 '욕구'와 '열망'이라는 개념을 대비하여 이를 설명한다. '욕구'는 자신에게 결핍된 것을 얻으려는 인간의 지향을 나타낸다. 이것은 외부의 것을 자신에게 동화, 통합시킴으로써 자신을 유지하려는 생명체의 자기 보존 욕구와 관련된다. 이에 반해 '열망'은 자신의 빈 곳을 채우려는 것이 아니다. 타자를 열망하는 태도는 타자를 자기 안으로 통합시키거나 자기화하는 작용이 아니라 타자를 향하여 자기 자신을 열고 헌신하는 것이다. 이를 통해 인간은 타자와의 윤리적이고 사회적인 관계를 맺을 수 있는 것이다.

고통받는 자의 호소를 냉정하게 외면하지 못하고 자기를 희생하면서 타자에게 귀 기울이는 존재자를 레비나스는 이기적 자아와 구별하여 윤리적 자아라고 부른다. 내가 타자의 호소를 받아들일수록, 즉 나의 이기심을 버릴수록 나는 타자에 대하여 더욱 큰 책임을 느끼게 되고 그만큼 내 안의 윤리적 자아도 커져간다. 타자에 대해 도덕적 책임을 감수한다는 것은 본질적으로 타자를 대신하여 고통받는 것이고 타자를 위해 희생하는 것이다. 레비나스는 이를 '대속(代贖)'이라는 용어로 설명한다. 고통받는 자의 호소에 반응하는 자아는 끊임없는 자기 결단의 과정에서 어느 누구도 대신할 수 없는 윤리적 주체의 고유성을 확보한다.*

*출전: '고통의 철학-레비나스의 고통론', 강영안 /
'레비나스의 윤리적 주체에 관한 연구', 김연숙

설마 꾸벅꾸벅 졸고 있는 건 아니죠? 라이프니츠, 레비나스 등 철학자를 잘 알면 해석하는 데 한결 낫겠지만 몰라도 큰 지장은 없습니다. 세상 모든 지식을 머릿속에 다 집어넣을 수는 없는 노릇이니까요. 앞으로 차근차근 지식과 교양을 넓혀가면 되죠. 천천히 읽으면 내용을 이해할 수 있습니다. 우선 문단부터 한눈에 들어오게 잘라봅시다.

* 〈수능국어 비문학 독본 1·인문 100선〉, 차마고도 편저, 자우공부, 2012.

문단 자르기

1.

사람이 사는 곳에는 고통이 존재한다. 칸트는, 고통이 쾌락의 전제
가 되고, 쾌락과 쾌락 사이에 개입하여 건강을 유지하는 데 없어서는
안 될 요소라고 보았다. 그런가 하면 라이프니츠는 고통을, 궁극적
선을 이루기 위한 신의 섭리가 실현되는 과정이라고 설명하였다. 비
록 고통스러운 과정을 거치기는 하지만 결국에는 신이 설정한 목표
에 이른다는 것이다.

2.

고통에 대한 이러한 논의들이 관념적이고 추상적인 목적론에 입각
한 것이라고 비판하면서 고통을 인간의 실천 윤리와 관련지은 철학
자가 바로 레비나스다. 그렇다면 고통은 어떻게 인간의 윤리적 측면
에 관여하는 것일까?

3.

고통을 당하는 사람은 소리를 지르거나 신음 소리를 낸다. 레비나스
에 따르면 고통은 자신의 수용 범위를 넘어서는 그 어떤 것이다. 따
라서 이 외침과 신음에는 근원적으로 타인의 도움에 대한 요청이 깔
려 있다. 이 요청은 곧 타인과의 관계를 연다는 것을 뜻한다. 그러나
이 '열림'은 '절반의 열림'이다. 이것이 '완전한 열림'이 되기 위해

서는 고통받는 사람의 호소에 대한 응답이 있어야 한다.

4.

그런데 육체를 지닌 인간의 자기중심적인 본성에 비추어 볼 때, 타인의 고통에 대해 응답하는 모순적인 행동은 어떻게 설명할 수 있을까?

5.

레비나스는 인간을 자기 보존성을 지니는 존재인 동시에 타자(他者)를 지향하는 존재로 본다. 그는 '욕구'와 '열망'이라는 개념을 대비하여 이를 설명한다.

6.

'욕구'는 자신에게 결핍된 것을 얻으려는 인간의 지향을 나타낸다. 이것은 외부의 것을 자신에게 동화, 통합시킴으로써 자신을 유지하려는 생명체의 자기 보존 욕구와 관련된다. 이에 반해 '열망'은 자신의 빈 곳을 채우려는 것이 아니다. 타자를 열망하는 태도는 타자를 자기 안으로 통합시키거나 자기화하는 작용이 아니라 타자를 향하여 자기 자신을 열고 헌신하는 것이다. 이를 통해 인간은 타자와의 윤리적이고 사회적인 관계를 맺을 수 있는 것이다.

7.

고통받는 자의 호소를 냉정하게 외면하지 못하고 자기를 희생하면서 타자에게 귀 기울이는 존재자를 레비나스는 이기적 자아와 구별하여 윤리적 자아라고 부른다. 내가 타자의 호소를 받아들일수록, 즉 나의 이기심을 버릴수록 나는 타자에 대하여 더욱 큰 책임을 느끼게 되고 그만큼 내 안의 윤리적 자아도 커져간다.

8.

타자에 대해 도덕적 책임을 감수한다는 것은 본질적으로 타자를 대신하여 고통받는 것이고 타자를 위해 희생하는 것이다. 레비나스는 이를 '대속(代贖)'이라는 용어로 설명한다. 고통받는 자의 호소에 반응하는 자아는 끊임없는 자기 결단의 과정에서 어느 누구도 대신할 수 없는 윤리적 주체의 고유성을 확보한다.

자, 중심 내용을 조금 더 세분화해서 문단을 나눴습니다. 벌어진 틈만 봐도 숨통이 조금 트이는 것 같죠. 이제 잘게 쪼갠 문단 안에서 핵심어를 찾아보자고요. 핵심어를 골라내면 작업기억이 정보를 처리하는 시간을 줄여줍니다. 중요한 것에만 집중하게 만들어주죠. 다시 세심하게 문장을 읽으면서 중요한 단어에 색깔 펜으로 동그라미를 쳐보세요.

🖋 핵심어 찾기

1. 칸트 – 고통은 쾌락의 전제 / 라이프니츠 – 고통은 신의 섭리

2. 레비나스 – 고통은 인간의 실천 윤리

3. 고통 – 타인에게 도움 요청 / 응답 – 완전한 열림

4. 자기중심적 인간 – 타인의 고통에 응답 – 모순

5. 레비나스 – 인간 = 자기 보존성 + 타자 지향

6. 욕구 – 결핍된 것 얻으려 ↔ 열망 – 타자에게 헌신

7. 이기적 자아 ↔ 윤리적 자아 – 타자에게 귀 기울이는 존재자

8. 타자를 대신한 고통과 희생(대속) – 윤리적 주체의 고유성 확보

거칠지만 핵심어를 뽑아냈습니다. 이제 이것들을 연결해서 문장 형식으로 만들어보는 겁니다.

✎ 핵심 문장 만들기

1. 칸트는 고통을 쾌락의 전제로, 라이프니츠는 신의 섭리로 보았다.

2. 레비나스는 고통을 인간의 실천 윤리와 관련지었다.

3. 고통의 외침은 타인에게 도움을 요청하는 것이고 완전한 열림이 되려 면 응답이 있어야 한다.

4. 자기중심적 인간도 타인의 고통에 응답하는 모순적인 행동을 한다.

5. 레비나스는 인간을 자기 보존성이 있는 동시에 타자를 지향한다고 본다.

6. 욕구가 결핍된 것을 얻으려는 것이라면 열망은 타자에게 헌신하는 것 이다.

7. 이기적 자아와 달리 윤리적 자아는 타자에게 귀 기울인다.

8. 인간은 타자를 대신하여 고통받고 희생(대속)하면서 윤리적 주체의 고유성을 확보한다.

   긴 문단을 개념 단위로 자르고 핵심어만 뽑아서 중심 생각들을 정리했습니다. 훨씬 이해하기가 쉬워졌죠. 깔끔하게 정돈된 핵심 문장 1, 2, 3, 4, 5, 6, 7, 8을 작업 선반 위에 올려놓으세요. 널브러진 재료를 찾느라 허둥대고 설명서를 다시 읽느라 고생하지 않아도 되겠죠?

   길고 복잡한 글을 만났다고 좌절하기 전에 선반 위부터 차분하게 정리해보세요. 각 문단에서 핵심 내용을 찾아 한 줄로 요약해보기! 시간이 좀 걸릴 뿐, 이해하지 못할 이유가 없습니다. 요약은 어렵고 고되지만 문해력을 키우려면 반드시 필요한 작업입니다. 하면 할수록 느니까 자꾸 해보세요.

🎧 문해력 PT

1. 다음 글을 읽고 [문단 자르기] → [핵심어 찾기]를 해보자. **II**

2. 이어서 [핵심 문장 만들기]까지 해보자. **III**

부모와 자식에 대한 이타주의가 형제간의 이타주의보다 더 흔하다는 사실로 되돌아가서, '식별의 문제'로 이것을 설명하는 것은 합당해 보인다. 그러나 이것은 부모-자식 관계에 존재하는 근본적인 비대칭성을 설명하지 못한다. 부모-자식 간의 유전적 관계는 대칭적이고 근연도도 어느 쪽으로나 똑같이 확실함에도 불구하고, 부모는 자식이 부모에게 하는 것보다 훨씬 더 극진히 자식을 돌본다. 그 이유 중 하나는 부모 쪽이 나이도 많고 매사에 더 능숙해서 자식을 도울 수 있는 좋은 위치에 있기 때문이다. 아기가 부모에게 먹이를 주려고 해도 아기는 실제로 그렇게 하기에 적당한 구조를 갖고 있지 않다.

부모-자식 간의 관계에서는 형제 관계에는 해당되지 않는 또 다른 비대칭성이 있다. 자식은 항상 부모보다 젊다. 이것은 항상은 아니더라도 대개의 경우 자식의 기대 수명이 길다는 것을 의미한다. 앞에서 강조한 대로 기대 수명은 동물이 이타적으로 행동할 것인가 아닌가를 '결정할' 때 가급적 '계산'에 넣어야만 할 중요한 변수다. 자식이 부모보다 기대 수명이 긴 종에서 자식의 이타주의 유전자는 불리한 입장에 서게 될 것이다. 그것은 이타주의자가 자신보다 더 빨리 노쇠하여 죽게 될 개체의 이익을 위해 이타적으로 자기를 희생하려는 것이기 때문이다. 반면, 부모의 이타주의 유전자는 그 계산식에 들어가는 기대 수명에 관한 한 그에 상응하는 이익을 갖게 될 것이다.[*]

⚡ 핵심어에는 동그라미, 세모, 부등호 등을 표시하며 읽어보세요.

---

[*] 《이기적 유전자》, 리처드 도킨스 지음, 홍영남·이상임 옮김, 을유문화사, 2018.

3장 독서 근육

🔍 핵심어 찾기

_____

_____

_____

_____

_____

🔍 핵심 문장 만들기

_____

_____

_____

_____

_____

_____

_____

_____

_____

_____

_____

나의 경험과 연결하며 읽기
: 배경지식

    누구나 경험을 밑천으로 글을 씁니다. 30만큼을 살아놓고 100을 쓸 수 없습니다. 나이가 많고 적음을 뜻하는 건 아닙니다. 나이가 많아도 평생 작은 마을에서 똑같은 사람만 만나며 비슷한 일상을 반복하는 사람이 있고, 나이는 어려도 다양한 환경에서 적응해가며 견문을 넓힌 사람도 있겠죠. 가족, 학교, 직장 속 수많은 관계가 나의 배경지식을 만들어냅니다. 간접경험도 마찬가지입니다. 성별이나 나이에 관계없이 더 많은 책을 읽고 더 자주 영화와 공연을 관람해본 사람은 그렇지 않은 사람보다 배경지식이 더 넓겠죠.

    배경지식은 비 오는 날 펼쳐 든 우산과도 같습니다. 우산이 작으면 비를 피하는 데 급급해 이런저런 생각을 해볼 여유가 없습니다. 반면, 우산이 지붕처럼 커다랗다고 상상해보세요. 폭우가 쏟아져도 여유가 있겠죠. 내리는 비를 바라보며 사색에 잠겨도 보고요. 생각할 공간이 넉넉하니 문해력도 높습니다.

    날이 갈수록 문해력이 떨어진다면 삶의 반경이 좁아졌다는 경고

일지도 모릅니다. 온라인을 통해 예전보다 더 많은 정보를 접하게 됐지만 나에게 익숙하고 끌리는 것 중심으로 경험하기 쉬운 세상이 됐죠. 취향에 맞는 서비스를 구독하고, 알고리즘은 내 입맛에 맞는 콘텐츠를 추천해줍니다. 관심사는 깊어져도 배경지식의 폭은 점점 좁아집니다. 그러니 복잡한 문장을 마주치면 따분한 TV 프로그램 채널을 돌리듯 뇌 속의 스위치를 꺼버립니다. 깊게 파려면 넓게 파야 하는데 그러지 못하니 어느 순간 정체가 생기죠. 악순환입니다.

배경지식을 많이 쌓으면 책을 다채롭게 즐길 수 있습니다. 문장을 읽으며 새롭게 들어오는 정보를 비교·대조해볼 재료가 머릿속에 풍부하니까요. 같은 책을 읽어도 배경지식이 적은 사람은 눈으로만 읽는다면, 배경지식이 많은 사람은 오감을 동원해 온몸으로 읽는 셈입니다. 배경지식이 텍스트와 융합되면서 책을 더욱 다양한 층위로 감상하고 평가합니다.

예전에 읽었을 때는 큰 감흥이 없던 책이 세월이 흘러 다시 보니 새롭게 느껴진 적 있나요? 글밥 코치는 그런 경험이 있습니다. 알랭 드 보통의 《왜 나는 너를 사랑하는가》를 읽어보지 않아도 들어는 봤을 거예요. 저자가 스물셋에 쓴 첫 책인데요. 남녀의 사랑이 시작되는 순간부터 이별까지, 평범한 연애사지만 철학적인 분석을 버무려 재치 있게 그려낸 소설입니다. 출간 후 꽤 오래도록 인기를 끌길래 기대를 갖고 읽어봤습니다. 아쉽게도 많은 부분을 공감하지 못했어요. 사랑에 빠진 남자 주인공의 맹목적이고 비이성적인 행동, 뜬금없이 등장하는 '마르크스주의' 등 이해하기 힘든 내용투성이였죠.

까맣게 잊고 살다가 작년에 독서 모임 책으로 정해져 다시 펼쳐 보았습니다. 웬걸, 20대 때와는 달리 신나게 읽히는 게 아니겠어요. 어설프고 위태로운 설익은 사랑, 연인의 모순적인 심리가 훤히 들여다보였어요. 내용 속 '마르크스주의'는 재미를 더하려는 장치였다는 사실도 깨달았고요.

책도, 책을 읽은 사람도 같은데 어찌 된 일일까요. 저에게 전에 없던 연애, 사랑, 이별에 대한 경험, '배경지식'이 생긴 거죠(기회가 되면 연애를 많이 해보란 뜻입니다).

경험이란 무엇인가? 예의 바른 일상을 부수고 짧은 시간 동안 고양된 감수성으로 새로움, 위험, 아름다움이 우리에게 주는 것들을 목격하는 것이다.

---

* 경제학자 칼 마르크스와 동명이인인 코미디언 마르크스가 했던 말을 인용하여 스스로를 풍자한 것. 일종의 언어유희.

** 《왜 나는 너를 사랑하는가》, 알랭 드 보통 지음, 정영목 옮김, 청미래, 2007.

두려워하지 않고 새로움, 위험, 아름다움을 목격하는 일은 배경지식이 됩니다. 배경지식이 든든하면 난해한 글을 마주쳐도 쉽게 당황하지 않습니다. 자신이 가지고 있는 배경지식 중 무엇부터 꺼내볼까 골라봅니다. 글과 자신의 경험을 번갈아 비추어 보면서 서로 연결하는 거죠. 직접 겪은 일에서만 배경지식을 끌어오는 것은 아닙니다.

학생들의 독해 교육을 연구해온 엘린 킨과 수전 짐머만은 독자가 자신의 배경지식을 텍스트와 연결하는 세 가지 방법을 소개했어요.●

1. Text-to-Self (텍스트와 나)	텍스트와 독자의 경험이나 감정을 연결. 해당 주제에 대한 독자의 경험이나 추억이 많을수록 텍스트는 더 쉽게 읽힌다.
2. Text-to-Text (텍스트와 다른 텍스트)	두 개 이상의 텍스트(영화, 노래, 시)를 연결. 플롯, 내용, 글의 구조, 문체 등.
3. Text-to-World (텍스트와 세상)	텍스트와 독자가 세상에 대해 알고 있는 것(사실과 정보)을 연결.

개인적인 경험뿐만 아니라, 또 다른 매체·예술작품, 사회에서 보고 들으며 얻은 지식을 연결하면서 읽는 것이죠. 배경지식을 연결하면서 책을 읽으면 무엇이 좋을까요?

● 《Mosaic of Thought》, Ellin Oliver Keene and Susan Zimmermann, Heinemann, 1997.

책을 읽을 때 배경지식을 연결하라

1 감정이입이 잘된다

배경지식을 연결하며 소설을 읽으면 등장인물에게 감정을 이입하기 쉽습니다. "나도 비슷한 경험을 한 적 있지", "이 내용을 예전에 영화에서 봤어" 하면서 뒤의 내용이 더 기대되고 만만하게 느껴집니다. 낯선 배경이나 역사적 장소가 나와도 "내가 모르는 내용이잖아?" 하고 당황하지 않고 자신의 배경지식에 비추어 상상합니다. 자기계발서를 읽을 때도 마찬가지입니다. 자신의 상황을 대입해보며 삶에 적용할 부분을 더 적극적으로 찾아 나섭니다.

2 덜 지루하고 집중력이 높아진다

배경지식을 떠올리면서 글을 읽는 건 능동적인 행위입니다. 녹화된 인터넷 강의를 틀어놓고 수동적으로 수업을 들을 때는 꾸벅꾸벅 졸지 몰라도 실시간 강의에서 수시로 퀴즈를 내는 선생님과 함께라면 상황이 달라지죠. 내 머릿속에서 능동적으로 생각을 퍼 올려야 하니 수동적으로 정보를 받아들이는 것보다 자극이 되고 재미가 있어 글 속에 더 잘 빠져듭니다.

3 내용이 기억에 오래 남는다

배경지식을 떠올리면 마치 드라마를 보는 것처럼 내용이 머릿속에 시각적으로 그려집니다. 예를 들어, 뇌의 해부학 배경지식이 있는 사람은 뇌 과학에 대한 책을 읽을 때 뇌의 형태를 떠올리면서 읽고 각 부위가 어떤 기능을 하는지 선연하게 상상할 수 있습니다. 구체적으로 떠올릴수록 기억에 더 오래 남습니다.

문해력 PT

1. **텍스트와 나, 텍스트와 다른 텍스트, 텍스트와 세상 중 하나를 선택해 배경지식을 연결하며 다음 글을 읽어보자.**

우리가 충분히 7시간 또는 그 이상 잠을 자지 않으면 주의력 체계와 감각적, 운동적 연결망의 영역 사이에 왕래가 감소한다. 그 결과, 우리가 인지한 신호를 판단하고 행동하는 속도가 느려진다. 디폴트 상태인 뇌는 특히 멍하게 아무것도 안 할 때 활성화되고, 이와 반대로 과제를 꼭 해결하고 말겠다며 목표 지향적으로 접근하면 뇌는 전원을 끈다. 그런데 수면이 부족하면 이 차단이 제대로 이루어지지 않는다. 그러다 보니 뇌는 의도치 않게 계속해서 휴식 상태로 뇌의 스위치를 바꾼다.

잠을 못 자면 위험한 행동 양상을 보이고 음식을 제대로 섭취하지도 못한다. 금방이라도 쓰러질 듯 너무 피곤하면 과도하게 음식을 섭취하게 되고 결국 이를 조절하지 못한다(충분한 수면은 효율적인 다이어

트 방법이다!). 아데노신이라는 전달 물질이 보상 체계에 들어 있는 자극 전도의 균형을 깨트리기 때문이라고 추정된다. 아데노신은 기저핵 속에서 수용 영역을 연결한다. 이로 인해 유감스럽게도 도파민 체계가 낮아진다.*

2. **세 가지 배경지식을 모두 연결하며 앞의 글을 읽어보자. 어떤 배경지식을 떠올렸는지 써보자. ⓘⓘⓘ**

예) ① 텍스트와 나

맞아, 밤을 새워 제안서를 작성하고 집에 운전해서 돌아왔는데 자고 일어나니 어떻게 왔는지 기억이 통째로 사라진 경험이 있었지. 잠을 깨운다고 계속 커피를 마시고 주전부리를 입속으로 집어넣기도 했어. 그게 아데노신 때문이구나.

② 텍스트와 다른 텍스트

매슈 워커의 저서 《우리는 왜 잠을 자야 할까》에서도 이상적인 수면 시간은 여덟 시간이라고 소개했지. 수면 부족이 쌓이면 학습 능력이 떨어질 뿐만 아니라, 심혈관질환이 생길 확률이 높다는 내용도 있었어.

③ 텍스트와 세상

졸음운전이 음주운전보다 위험하다고 하잖아. 고속도로에 졸음쉼터가 도입된 후에 졸음운전 사망사고가 많이 줄었다던데. 역시 근거가 있었네!

---

* 《성취하는 뇌》, 마르틴 코르테 지음, 손희주 옮김, 블랙피쉬, 2020.

멈추어가며 읽기
: 고맥락 의미

"개떡같이 말해도 찰떡같이 알아듣는다"라는 말이 있죠. 대놓고 말하지 않아도 눈치껏 알아듣는 사람이나 상황을 표현할 때 쓰는 말입니다. 상대방의 기분을 먼저 살피는 동양 사회에서 '눈치'는 미덕처럼 여겨지기도 합니다. 이처럼 말의 숨은 의미를 '알아서' 파악해야 하는 우리나라는 고맥락 문화에 가깝습니다.

문해력이 높은 사람은 고맥락 상황에서도 진정한 의미를 잘 발견해냅니다. 텍스트 너머에 숨어 있는 뜻을 잘 알아차리는 거죠. 단순한 예를 들어볼게요.

고맥락 질문: "춥지 않아?"	
문해력이 높은 사람 → "실내로 들어갈까?"	**문해력이 낮은 사람** → "아니, 선선하고 딱 좋은데?"

"춥지 않아?"를 직설적인 질문(저맥락 질문)으로 바꾸면 "춥다, 우리 실내로 들어갈까?"가 되겠죠. 곧이곧대로 말해주면 좋으련만, 우리말은 그렇게 단순하지 않습니다. 상황에 따라 에둘러 표현하거나

오히려 반대로 표현할 때도 있습니다.

가령, 약속 시간에 매번 30분씩 늦는 연인에게 최후의 통첩을 날렸어요.

A: 지금이 도대체 몇 시야?

B: 늦어서 미안, 지금? (손목시계를 보며) 2시 30분이네.

A: 누구는 시계 볼 줄 모르는 줄 알아? 덕분에 두 다리가 아주 튼실해지겠어. 계속 그렇게 해!

여기서 "도대체 몇 시야?"는 시간을 묻는 게 아니라 30분이나 늦었다는 사실을 책망하는 말이죠. '나를 소중하게 대하지 않는 것 같아서 서운한데 내 마음을 알아줘'라는 속뜻까지 알아본다면 문해력이 아주 높은 사람이니 계속 만나도 좋을 것 같네요. "다리가 튼실해지겠다"는 말은 '기다리느라 힘들었다', "계속 그렇게 해"라는 말은 '또 그러면 참지 않겠다'는 의사를 표현한 것입니다. 이 정도 눈치는 보통 있죠?

문제는 글은 이보다 난해하다는 점입니다. 우선 말하는 사람의 표정이 보이지 않고 어조도 느껴지지 않습니다. 글은 말과는 달리 구조적으로 복잡하게 얽혀 있기도 하고, 메시지 전달을 극대화하려고 의도적으로 비틀거나 다양한 은유를 사용하기도 합니다.

아래 글을 읽어보세요. 표면만 훑지 말고 작가가 '진짜로' 하고 싶었던 말이 무엇일지 멈추어 곰곰이 생각해보세요.

1. "인문학을 하면 밥이 나오나요?" (중략) "인문학을 해서 밥이 나오는 경우도 있고 안 나오는 경우도 있습니다. 그런데 한 가지 분명한 사실은 인문학을 하면 밥이 맛있어집니다."*

2. "밑에 모래 있으면 떨어져도 안 아파요."(정글짐에서 아슬아슬하게 노는 아이를 걱정하는 어른에게 아이가 하는 말-필자 추가) 이 말을 떠올릴 때마다 어른의 역할이 무엇인지 생각하게 된다.**

3. 농촌의 노인들이 도회지에 가면 전부 환자가 된다. 그것은 교통사고로 아스팔트 위에서 부상을 당하기 때문이 아니라 시골에서는 질병이 인내되는 데에 반하여 도회지에서는 치료되고 있기 때문이다.***

* 《여덟 단어》, 박웅현 지음, 북하우스, 2013.
** 《어린이라는 세계》, 김소영 지음, 사계절, 2020.
*** 《감옥으로부터의 사색》, 신영복 지음, 돌베개, 2018.

1번부터 살펴봅시다. 인문학을 하면 밥이 맛있어진다는 게 무슨 뜻일까요. 우선 "밥이 나오나요?"라고 묻는 말부터 해석해봅시다. 여기서 밥은 돈, 다른 말로 실질적인 이득과 같은 뜻입니다. 안 그래도 먹고살기 바쁜데 없는 시간 쪼개서 인문학 공부한다고 나한테 남는 게 무엇이냐 이 말입니다. 저자는 중요한 건 그게 아니라고 말합니다. 그러면서 또 다른 의미의 밥을 말합니다. "밥이 맛있어집니다"에서 밥의 속뜻은 돈이 아닙니다. 표면적으로는 똑같은 밥이지만 '인생'으로 해석할 수 있습니다. 삶이 풍요로워진다는 거죠. 인문학을 통해 새로운 관점을 얻고, 보다 지혜롭고 현명하게 인생을 즐길 수 있다는 뜻이 내포되어 있습니다. 응용해서 덧붙이자면 "문해력이 높아지면 밥이 더 맛있어집니다".

2번에서 '어른의 역할'은 무엇일까요. 놀이터 정글짐(일상)에서 신나게 뛰어노는 아이에게 위험하다고 혼을 내거나 말릴 것이 아

---

* 《슬픔이 주는 기쁨》, 알랭 드 보통 지음, 정영목 옮김, 청미래, 2012.

니라, 실수를 해도 괜찮다고 느끼게끔 안전망을 마련해주자는 것이 겠죠.

3번은 보다 다양한 해석이 가능합니다.

① 농촌 노인은 아파도 참고 산다.
→ 농촌에 살아서 건강한 게 아니라 환자라는 딱지를 붙이지 않았을 뿐이다.
② 아파서가 아니라, '치료를 받아서' 환자가 되기도 한다.
→ 원인과 결과를 혼동하는 판단을 조심하자.

겉으로 보이는 현상만 놓고 판단하기 쉬운데, 알고 보면 우리가 모르는 속사정이 숨어 있을지 모른다는 깨우침을 줍니다. 문장 하나라도 ②처럼 멀리 해석할 줄 알면 내 생활 속에 적용할 새로운 기준과 통찰을 얻는 셈이죠. 문해력이 높은 사람은 달걀 껍데기 속에 싸인 흰자만 보는 게 아니라, 흰자 속에 들어 있는 노른자까지 꿰뚫어 봅니다. 다양한 층위에 싸인 속뜻을 읽어내고 자신의 삶으로까지 확장합니다. 문해력이 높으면 밥이 맛있어진다는 말이 무슨 뜻인지 감이 오나요?

4번은 너무나 익숙한 나머지 소중한 일상을 놓치고 살고 있다는 뜻이죠.

직역이 아닌 의역을 해보라는 뜻입니다. 그렇다고 내용과 너무 동떨어진 해석은 곤란하고요.

독서는 과정을 즐기는 활동이다

어떻게 해야 문맥 속에 꼭꼭 숨어 있는 고맥락 의미를 발견해낼까요. 뜻을 새겨가며 읽는 정독, 천천히 곱씹어가며 읽는 만독을 추천합니다. 경쟁하듯 읽는 속독이 아니라 한 권을 읽어도 푹 빠져서 읽는 것이지요. 책은 재빠르게 읽고 해치워야 할 숙제가 아닙니다. 독서는 목표가 아닌 과정을 즐기는 활동입니다. 독서 경험과 지식이 쌓일수록 점점 해독 심도가 깊어질 테니 조급해할 필요 없습니다.

그렇다고 모든 책을 일부러 천천히 읽으라는 말은 아닙니다. 예상치 못하게 좋은 책이나 구절을 발견했을 때, 나에게 도움이 되는 책을 마주쳤을 때, 바로 넘어가지 말고 잠깐 브레이크 페달을 지그시 밟아 멈추어보세요. 내가 책 속의 주인공이라고 가정하고 감정이입을 하면서 읽어보세요. 손 글씨로 필사도 하면서 문장을 누리는 거죠. 제주도 여행을 가서 운전을 하다가 해안도로를 만나면 속도를 늦추고 드라이브를 즐기듯이요. 때로는 차를 세우고 사진도 찍잖아요.

뭔가가 우리를 막고 생각하게 만들 때, 우리는 그것이 "우리를 멈춰 세웠다"고 말한다. 멈춤은 실수나 결함이 아니다. 멈춤은 말을 더듬는 것도, 말을 가로막는 것도 아니다. 멈춤은 텅 빈 것이 아니라 잠시 유예된 상황이다. 생각의 씨앗이다. 모든 멈춤은 인식의 가능성, 그리고 궁금해할 가능성으로 가득 차 있다.*

철학적 여행가 에릭 와이너의 말처럼 멈춤은 생각의 씨앗이고, 생각의 시발점입니다. 오늘은 달리는 고속열차에서 내려와 새하얀 개망초가 흐드러진 벤치밑에 앉아보세요. 한 줄 한 줄 문장을 음미하며 읽어보자고요.

---

* 《소크라테스 익스프레스》, 에릭 와이너 지음, 김하현 옮김, 어크로스, 2021.

3장 독서 근육

1. 시집을 한 권 사서 천천히 곱씹으며, 때로는 멈추어가며 읽어 보자. *I*

2. 시가 나에게 어떤 감정과 생각거리를 안겨주었는지 간단히 써 보자. *II*

_____

_____

_____

_____

_____

_____

_____

직장인의 문해력

직장인에게 문해력이 가장 절실한 순간은 업무 시간이겠죠? 결재를 올리고, 보고서를 작성하고, 이메일을 주고받으며 수시로 글을 마주합니다. 회사 메신저에서 실시간으로 동료들과 소통하고, 고객에게는 문자를 발송합니다.

문해력이 떨어지면 상황을 제대로 판단하지 못하니 업무 핵심을 오해하기 쉽죠. 회의 시간에는 어떤가요. 다들 이해하고 넘어가는 안건을 혼자만 쩔쩔매며 멋쩍은 미소를 지은 적은 없나요? 몇 날 며칠 공을 들였는데 헛수고가 되어버리는 일도 발생합니다. 내가 저지른 실수 때문에 남에게 피해를 주면 고개 들기가 힘들죠. 그야말로 일을 잘하고 못하고는 문해력에 달려 있다고 해도 과언이 아닙니다.

직장에서 쓰는 대표적인 업무 문서로는 보고서, 기획서, 홍보문이 있습니다. 각각의 목적과 초점을 맞추어야 할 부분을 제대로 알고 있으면 실수하는 일이 줄 거예요.

1 보고서 문해력

보고서는 정보 전달이 목적입니다. 보고 대상의 현황을 꼼꼼하게 파악하여 보기 좋은 형태로 정리해야겠죠. 주의할 점은 단순히 현황만 나열해서는 안 된다는 것입니다. 보고서를 통해 무엇을 말하려고 했는지 '핵심 메시지'를 빠뜨리지 말아야 합니다. 핵심 메시지 중심으로 복잡한 데이터를 단순화시켜 가공합니다. 그래프나 인포그래픽으로 표현하면 직관적이라 읽는 사람이 이해하기 좋습니다(아래 수도관 예시를 참고하세요). 보고서를 받는 사람이 보고 대상을 얼마나 잘 파악하고 있는지도 고려합니다. 이미 충분히 내용을 알고 있다면 구구절절한 개념 설명이나 서론은 생략하는 편이 낫겠죠.

새롭게 교체 완료한 서울시 상수도관의 길이는?
13,440km

→ 서울시 상수도관 전체 길이 13,504km의 99.5%(2020년 3월 말 기준)

지구 둘레(40,074km)	한반도 길이(1,000km)	서울역~부산역(397km)
1/3	13.5배	왕복 17회

*출처: 서울특별시 네이버 공식 블로그

· **핵심 메시지:** 어마어마하게 긴 서울시 상수도관 99.5%를 새롭게 교체했다.

2 기획서 문해력

기획서는 설득이 목적입니다. 행정학 사전에서는 기획을 ① 어떤 대상에 대해 ② 그 대상의 변화를 가져올 '목적'을 확인하고, ③ 그 목적을 성취하는 데에 가장 적합한 행동을 설계하는 것이라 정의합니다. 즉, 현재의 불만족스러운 상황을 목적에 맞게 바꿔서 만족스러운 미래로 개선하는 것이죠. 그러려면 두 가지가 꼭 필요합니다. 목적에 맞는 정확한 분석, 그리고 구체적인 해결 방안입니다. 아래 예시로 확인하세요.

기획 아이템: 여성에게 안전한 유기농 면 생리대 홍보 전략

① 잘못된 분석
지나친 일회용품 사용이 환경오염 문제로 떠오름
→ 제로웨이스트 키트에 유기농 면 생리대를 끼워서 배포 홍보

---

② 추상적인 분석과 해결 방안
대다수 여성이 일회용 생리대 불편을 겪어
→ 환경호르몬 걱정 없는 유기농 면 생리대 제품을 온오프라인에 적극적으로 홍보

---

③ 정확한 분석과 구체적인 해결 방안
가임기 여성 10명 중 7명이 피부발진 등 일회용 생리대 부작용 경험
→ 온라인 홍보: 유기농 면 생리대 2년 이상 사용자 인터뷰해 20~30대 타깃 홍보 콘텐츠 제작
→ 오프라인 홍보: 여대 앞, 면 생리대 샘플 배포

---

3 홍보문 문해력

홍보문은 감동이 목적입니다. 감동은 마음을 움직이는 일이죠. 기획서가 이성적인 설득이라면, 홍보문은 감성적인 설득이라고 할까요. 읽는 사람에게 공감을 얻어야 합니다. 감성적인 생활 언어로 홍보하려는 대상에게 친근감 있게 다가갑니다.

"우리 카페는 매년 수익금의 8%를 소아암 환자에게 기부하고 있습니다"와 "고맙습니다. 당신이 마시는 커피 한 잔에 아홉 살 수진이의 암 치료비가 포함돼 있어요" 중, 어느 말이 더 마음에 와닿나요?

4장

구성 근육

곱씹어서 나만의 언어로 표현하기

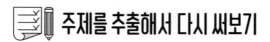

주제를 추출해서 다시 써보기

문해력의 기반을 다지는 어휘력 공부, 깊이 읽는 독서 기술 훈련까지 잘 달려왔습니다. 이번 주부터는 '구성 근육'을 키우는 PT를 진행합니다. 구성이란 글의 순서이고 얼개이며 배치입니다. 힘을 주거나 오히려 빼야 하는 부분은 어디인지, 짧게 치고 넘어갈지 친절하게 풀어줄지, 설명을 할지 묘사를 할지 아니면 대화체로 풀지, 이모든 계산은 구성력에서 나옵니다.

구성력을 키우려면 다양한 종류의 글을 충분히 읽어봐야겠죠. 하지만 그것만으로 부족합니다. 조금 더 화두를 넓혀볼까요?

남들이 좋다고 하는 책을 바지런히 찾아 읽는 궁극적인 이유는 무엇일까요? 지금보다 잘 살고 싶은 마음 때문이겠죠. 충격적인 발표를 하나 하겠습니다. 책을 많이 읽고 지식을 쌓는다고 지금보다 현실이 더 나아질 거라는 기대는 하지 않는 게 좋습니다.

여태 책을 많이 읽으라더니 뒤통수를 때린다고요? 삶이 바뀌길바란다면 전제가 필요합니다. 책 내용을 받아들이고 끝낼 것이 아니라, 현실에 어떻게 적용할지 고민해야 합니다. 새롭게 얻은 관점을 삶 속까지 끌고 들어와야 한다는 것이죠. 그러려면 구성 능력이 필요하고요.

우선 글에 담긴 메시지, 주제를 잘 찾아내야 합니다. 주제는 내 손안에 들어오면 새로운 관점이 됩니다. 이를 '렌즈'라고 표현해볼게요. 평소 무색 렌즈 안경만 끼다가 노란 렌즈, 빨간 렌즈, 파란 렌즈 등을 새로 착용하면서 그동안 보지 못했던 세상을 발견합니다.

다음 글 속에 컬러 렌즈를 숨겨놓았는데 찾아보겠어요?

괜찮은 요가원을 고르는 방법

회사 근처에 필라테스 센터가 새로 문을 열었길래 들어가봤다. 깔끔하고 세련된 인테리어에 최신 운동기구, 개인 샤워실까지 갖춘 곳이었다. 당장이라도 회원권을 끊고 싶었지만 우선 1일 체험을 해보기로 했다. 그런데 의아한 점이 있었다. 센터장은 평소 내게 운동을 얼마나 했는지, 필라테스는 해보았는지, 전에 다치거나 수술한 경험이 있는지와 같은 정보를 전혀 묻지 않았다. 아무리 하루 체험이라지만 혹시 모를 부상을 막으려면 파악해야 할 내용이었다.

운동을 마치고 나오는데 마음에 걸리는 점이 또 있었다. 볕이 하나도 들지 않는 복도에 분홍색 리본을 단 개업 화분들이 온풍기가 내뿜는 바람을 맞으며 휘청거리고 있었다. 아레카야자 잎끝이 바싹 말라 있었고, 웬만해서 죽지 않는다는 스투키의 오동통한 몸통은 홀쭉해져 있었다. 식물은 인테리어 장식이 아닌 생명체다. 아무리 생존력이 강한 식물이라도 빛이 필요하며 주기적으로 물을 줘야 한다. 찜찜한 마음으로 한 달짜리 회원권을 끊었지만, 패키지 이벤트로 회원 가입에만 열을 올리는 그곳에 실망하여 재등록하지 않았다.

다음으로 다닌 헬스장도 비슷했다. 정수기 위에 올려놓은 화분은 포장 비닐도 벗겨내지 않고 한참 방치돼 있다가 죽었는지 결국 치워졌다. 트레이너가 10명 정도 됐지만 아무도 화분이 눈에 보이지 않는 듯했다. 정수기 앞에는 일회용 종이컵이 너저분하게 쌓여 있었다. 그곳 역시 회원의 운동 동기나 몸 상태에는 관심이 없었고 오로지 돈이 되는 PT 유치에만 열중했다. 얼마 다니지 않고 그만두었다.

그 후로도 생활 운동(과 운동 장소)을 찾는 여정을 계속했다. 그러던 어느 날, 기존 회원의 양도로 한 요가원을 만났다. 그곳은 다른 곳과 분위기가 사뭇 달랐다. 볕이 잘 드는 창가에 옹기종기 늘어놓은 미니 화분에는 항상 생기가 돌았고, 실내인데도 꽃을 피웠다. 정수기 앞에는 다회용 컵이 가지런히 놓여 있었다. 원장은 항상 회원들의 컨디션을 궁금해했고 실력이 빨리 늘지 않아도 조급해하거나 무리하지 않도록 마음을 썼다. 요가 실력과 가르치는 방식 역시 훌륭했던 그곳에 나는 정착했다.

운동을 하는 장소는 사람의 몸과 마음을 보살피고 살리는 곳이다. 마땅히 살아 숨 쉬어야 한다. 식물 하나 제대로 돌보지 못하는 곳에서 사람 몸을 다루다니 어불성설 아닐까. 아무리 세련된 인테리어에 최신 시설을 갖춰도 삭막한 마음가짐을 가리긴 힘들다.

글밥 코치가 다양한 운동에 도전하면서 다녔던 체육시설에서 느낀 바를 솔직하게 풀어낸 글입니다. 이 글은 결국 무엇을 전하고자 썼을까요. 우선 문단별로 중심 생각을 찾아보겠습니다.

1. 필라테스 1일 체험을 하러 갔는데 내 몸 상태를 묻지 않아 의아했다.
2. 필라테스 센터의 식물은 시들시들했고, 센터장은 회원 유치에만 몰두했다.
3. 헬스장의 식물은 방치됐고 일회용품이 널려 있었다. 트레이너는 PT 유치에만 열중했다.
4. 요가원은 식물을 잘 돌보고 다회용 컵을 썼다. 원장은 회원을 배려하고 실력이 좋았다.
5. 운동을 하는 장소는 운동 지도자의 마음가짐을 드러낸다.

어렵지 않죠? 직접 겪었던 비슷한 성격의 사례 세 가지를 나열한 구성으로 각각 느낀 점을 썼고, 마지막 문단에서 직접적인 주장을 드러내 힘을 실었습니다.

주제를 찾을 때는 각 문단에 중심 생각이 향하는 방향을 보고 글의 기획 의도를 추측해 정리하면 도움이 됩니다. 기획 의도에는 '무엇(what)'을 '왜(why)' 하려는지가 들어가야 합니다.

운동의 중요성은 잘 알아도 운동 환경에는 무심한 사람이 많다(why). 헬스장, 요가원 등 운동을 하는 공간을 잘 관찰하면 그 주인(지도자)의 마음가짐이 보인다. 좋은 운동 지도자를 만나는 방법(what)을 알려주겠다.

기획 의도를 한 번 더 촘촘한 체망에 걸러서 한 문장으로 표현하면 주제가 됩니다. '결국에, 정말로 하고 싶었던 이야기'를 끄집어내는 것이죠.

🔑 **주제**

훌륭한 운동 지도자는 작은 생명도 소중히 여긴다.

독자에게 운동할 장소를 고르는 요령을 알려주는 듯하지만 결국에는 운동을 가르치는 사람이 지녀야 할 태도를 말하고 싶었던 거죠.

여기서 끝내면 아쉽습니다. 나에게 잘 맞는 렌즈 도수를 찾아봐야죠. 주제를 확장해보고 축소도 시켜봅시다. 확장이란 주제를 탁자 위에 잠시 내려놓고 멀리 떨어져서 지켜보는 겁니다. 나무가 아닌 숲을 보듯 말이에요.

🔑 **주제**

1. 훌륭한 운동 지도자는 작은 생명도 소중히 여긴다.

🔑 **확장 주제**

2. 하나를 보면 열을 안다.

3. 겉모습에 치중하기보다는 본질에 충실해야 한다.

이번에는 가까이 다가가서 나뭇결을 살펴볼까요.

🔑 **축소 주제**

4. 운동 환경이 좋아야 꾸준히 운동할 수 있다.

5. 작은 생명도 소중히 여기는 운동 지도자는 실력도 좋다.

글 한 편을 읽었더니 렌즈 다섯 개를 획득했네요!

미술작품을 멀리서 감상했을 때와 가까이 다가가서 볼 때의 차이를 느껴본 적이 있나요? 글밥 코치가 파리의 오르세 미술관을 갔을 때였어요. 사진으로만 봤던 고흐의 〈아를의 별이 빛나는 밤〉 작품 앞에 섰는데 예상치 못한 부분에서 감동을 받았습니다. 사진으로나 멀리 떨어져서 봤을 때는 몰랐던 유화의 올록볼록한 질감이 가까이 다가서자 눈에 들어왔거든요. 그림 주변을 맴돌며 다양한 각도로 관람해봤어요. 반짝거리는 강물이 입체적으로 느껴지면서 깊은 울림으로 와닿았습니다.

글의 주제도 마찬가지입니다. 멀리서도 보고 가까이서도 보고 비틀어서도 보세요. 수많은 관점(렌즈)을 그 안에서 꺼낼 수 있습니다. 이제 안경에 새 렌즈를 끼우고 나만의 문장으로 써볼 차례입니다. 그래야 진짜 내 눈이 됩니다. 똑같은 주제를 가지고 새로운 글을 써보는 겁니다. 글밥 코치가 아닌 당신의 경험과 지식을 녹여서 말이죠.

🎧 문해력 PT

1. '괜찮은 요가원을 고르는 방법'에서 추출한 5개 주제 중에서 하나를 골라, 같은 주제로 에세이 한 편을 써보자. **II**

2. 좋아하는 작가의 에세이 한 꼭지를 읽고 주제를 추출한 후, 그 주제를 확장·축소시켜보자. **III**

어지러운 문단 재구성하기

살다 보면 수학 문제처럼 정답이 딱 떨어지는 일은 흔치 않죠. 빠른 길인지 알고 들어섰다가 도리어 길을 헤매기도 하고요. 하지만 안전한 길은 있습니다. 글의 구성도 마찬가지인데요. 문학작품에서는 기-승-전-결이 그렇습니다. 보고서라면 읽는 사람을 배려한 두괄식이 무난하겠고요.

기본에 충실하면 안전합니다. 중심 생각이 엉키지 않은 글은 기본에 충실합니다. 글은 이야기 토막, 즉 여러 개의 문단으로 이루어져 있는데요. 한 문단에는 중심 생각이 하나만 들어가야 합니다. 예를 들어, 한 문단 안에서 자연을 보호하려면 나무를 많이 심어야 한다는 주장을 하다가 갑자기 대중교통을 이용하자는 내용이 나오면 안 되겠죠. 물론, 똑같이 자연을 보호한다는 큰 주제 안에 있지만, 서로 다른 소재이니 문단을 나누어줘야 합니다. 비슷한 내용이라고 문단을 나누지 않고 의식의 흐름대로 늘어놓으면, 쓰는 사람이야 편하겠지만 읽는 사람은 곤혹스럽습니다.

그런데 한 문단 안에 중심 생각이 하나인데도 글을 이해하기 어려울 때가 있습니다. 사건의 순서가 뒤죽박죽 섞여 있는 경우입니다.

아래 다섯 문단으로 이루어진 글을 읽어보세요. 글밥 코치가 이끄는 온라인 글쓰기 모임 아바매글(아무리 바빠도 매일 글쓰기)에서 가져온 글입니다.

A) 다행히 우리는 미리 예약해둔 방에 들어가 앉았다. 이곳의 주메뉴는 백숙이다. 백숙은 능이버섯이 들어 있어 닭 잡내가 없는 것이 특징! 모두 음식이 나오자마자 바로 흡입하기 위한 숟가락 준비운동을 한다. 그 모습을 지켜보는 나도 초조하긴 마찬가지다.

B) 회사 동료 3인방은 2주에 한 번, 다른 직원들이 출근하지 않는 토요일마다 외식을 즐긴다. 외식이 특별한 이유가 있다. 회사 구내식당 밥은, 밥을 먹은 후 두세 시간만 지나도 금방 배가 고프다. 이유는 저렴한 단가에만 음식을 맞춘 덕분이다. 김치 두 종류에 소시지볶음, 폴폴 날아다니는 밥이 전부인 식단. 김치를 두 가지나 내놓는 건 영양보다 반찬 가짓수만 채우기 위한 수단으로 보였다.

C) 그렇기 때문에 토요일마다 즐기는 외식은 뜨거운 여름날 갑자기 내리는 시원한 소나기 같은 존재라고 할까. "오늘은 능이 전복 삼계탕 어때?" "삼계탕! 오케이!"

D) 우리는 미리 예약해놓은 능이 전복 삼계탕집에 도착했다. 지글지글 끓고 있는 돌솥에 가지런히 담겨 있는 부추와 전복, 능이버섯의 조화가 탐스럽다. 닭고기 한 점에 매콤한 오징어젓갈을 한입 베어 물면 입에서 살살 녹는다. 닭고기는 질기지 않게 적당히 씹혔고 담백한 맛이다. 껍질 가득 찬 전복을 숟가락으로 떼어내어 한입 베어 문다. 바다 향이 입안에 번졌다. 우리는 서로 대화 없이 백숙 먹는 것에만 집중했다. 학교 다닐 적 전교 1등 부럽지 않은 대단한 집중력이다. 그만큼 맛있는 음식을 먹는다는 건 삶의 낙이고 즐거움이다.

E) 삶의 소소한 행복은, 이따금 즐기는 외식이다. 늘 맛있는 음식을 배불리 먹는다고 꼭 행복한 건 아니다. 가끔씩 마음 맞는 동료와 단 한 시간이라도 즐거운 시간을 갖는다는 건 힘겨운 직장 생활을 하는 데 달콤한 활력소가 된다.

*출처: 아바매글 글쓰기 모임원 전연숙

직장인이라면 누구나 공감할 만한 글이죠. 구체적인 묘사 덕분에 마치 같이 식탁에 앉아서 백숙을 먹고 있는 것처럼 생생합니다. 혹시 이 글을 읽으면서 어색한 점이 있었나요?

문단A를 통째로 들고 와서 D의 첫 문장인 '우리는 미리 예약해놓은 능이 전복 삼계탕집에 도착했다' 뒤에 끼워 넣으면 좀 더 자연스럽지 않을까요? A를 아예 통으로 빼도 흐름에는 큰 지장이 없어 보입니다. D의 마지막 문장은 꼭 있어야 할까요? E의 내용과 겹치는 내용이라 굳이 필요하지 않습니다. 다시 정리해본 글의 순서는 B-C-D(첫 문장 다음에 A를 끼워 넣기, 또는 A를 통으로 삭제)-E, 원문보다 자연스러운 구성이 됐습니다.

구성을 바꾸기 전 문단A가 글 첫머리에 자리 잡은 이유는 무엇일까요? 의식의 흐름대로 이야기를 끌고 가다 보니 벌어진 일입니다. '동료들과 백숙 먹었던 에피소드를 풀어야지' 하고 포문을 열었는데 문득 분노를 부르는 부실한 구내식당 식단이 떠올랐고, 그것을 설명하다가 다시 마음을 가다듬고 삼계탕집으로 돌아오니 내용이 겹쳐버린 것이지요. 토요일 외식이 얼마나 특별한지를 강조하려고 구내식당과 비교한 것은 탁월한 선택이었지만요.

좋은 구성은 다음 역할을 충실히 해냅니다.

1. 내용이 잘 이해된다.
2. 뒷이야기를 계속 읽고 싶다.

2번은 1번이 충족된 다음에 고려할 사항입니다. 내용 이해가 안되는데 뒷부분을 계속 읽고 싶어질 일은 없으니까요. 글을 어렵고 헷갈리게 만드는 요인은 여러 가지가 있습니다. 내용의 난이도가 읽는 사람에게 너무 높을 때, 내용에 적합하지 않은 단어나 비문이 등장할 때, 그리고 구성이 매끄럽지 못할 때입니다. 구성은 이야기의 순서에 영향을 많이 받습니다.

때로는 글의 긴장감을 높이거나 묘미를 살리려고 일부러 시간을 역행하거나 섞어놓는 방법을 쓰기도 합니다. 하지만 전제 조건이 있다고 했죠? '내용이 잘 이해된다'를 먼저 만족시켜야 합니다.

초고를 쓰고 정돈되지 않은 문단을 다시 고치는 연습(최소 두 번 이상!)을 하면, 글을 읽을 때에도 문단 단위로 사고하는 습관이 생깁니다. 그저 문장을 읽고 다음 문장을 읽고 그다음 문장을 읽는 데 겁겁한 허기진 읽기가 아닌, 문단별로 메시지를 정리하고 넘어가는 여유로운 읽기가 몸에 배는 거죠.

여유로운 읽기가 몸에 익은 사람은 책을 읽을 때 한 문단이 끝날 때마다 다음 문단과 유기적으로 이어지는지, 연결고리를 잘 물고 있는지도 살핍니다. 중복되는 문단이 나오면 적당히 건너뛰기도 하고요. 어떤 문단이 더 큰 영역을 다루는지, 어떤 문단이 세부적인 역할을 수행하는지 구별하고 중요성과 무게를 따져가며 읽습니다. 큰 그림을 보는 것이죠.

다음 문장을 읽는 데만 바빴던 읽기 습관을 버리고 거시적으로 읽는 안목을 키워야 합니다. 구성력을 갈고닦으면 글을 읽고 해석하는 일이 한결 수월합니다.

문해력 PT

아래 글은 일부러 문단 순서를 바꾸어놓았다. 첫 문단 뒤에 이어질 내용을 고민해 A, B, C 문단 순서를 자연스럽게 배치해보자. **II**

첫 문단) 이런 사람과 가까이 지내면 주변 사람마저 힘들고 지치고 함께 우울해진다. 그 사람과 계속 대화를 하다 보면 그가 갖고 있는 우울하고 부정적인 정서가 끊임없이 전해지면서 끝내는 전염되고 만다.

A) 그리고 찾아오는 건 배신자라는 낙인이다. 상대를 위해 그렇게 오랜 시간 배려하고 노력해줬음에도, 그걸 더 참고 희생해주지 않는다는 이유로 그는 나쁜 사람이 되고, 상대는 배신당한 사람이 된다. 한번 잘못 맺은 인간관계로 인해 너무 많은 걸 잃게 되는 것이다. 그렇게 되지 않으려면 느낌이 왔을 때 하루라도 빨리 선을 긋는 게 중요하다. 잘못을 제공하는 건 상대지만 그 결과는 내 책임이다.

B) 하지만 그 인내심도 결국에는 바닥을 드러낸다. 동료가 아무리 정성을 쏟아가며 위로를 해줘도 상대는 바뀌지 않으며, 오히려 그 상황을 즐기고 있다는 것을 깨닫게 되는 때가 온다. 그제야 어렵게 인연을 정리해보지만 이미 많은 것을 잃은 뒤다. 상대로 인해 허비해버린 소중한 시간과 에너지, 그리고 정서적인 피해는 어디서도 보상받을 길이 없다.

C) 이런 사람과는 확실히 선을 그어야 하지만 배려심이 깊고 공감 능력이 뛰어난 사람일수록 그러지 못한다. 그 사람이 받게 될 상처가 걱정되기 때문이다. 그와 만날 때마다 괴롭고, 그로부터 벗어나고 싶지만 그 마음을 꼭꼭 숨긴 채 고통스러운 시간을 참아낸다.

⚡ 이 글의 원문은 다음 페이지에서 확인하세요.

이런 사람과 가까이 지내면 주변 사람마저 힘들고 지치고 함께 우울해진다. 그 사람과 계속 대화를 하다 보면 그가 갖고 있는 우울하고 부정적인 정서가 끊임없이 전해지면서 끝내는 전염되고 만다.

이런 사람과는 확실히 선을 그어야 하지만 배려심이 깊고 공감 능력이 뛰어난 사람일수록 그러지 못한다. 그 사람이 받게 될 상처가 걱정되기 때문이다. 그와 만날 때마다 괴롭고, 그로부터 벗어나고 싶지만 그 마음을 꼭꼭 숨긴 채 고통스러운 시간을 참아낸다.

하지만 그 인내심도 결국에는 바닥을 드러낸다. 동료가 아무리 정성을 쏟아가며 위로를 해줘도 상대는 바뀌지 않으며, 오히려 그 상황을 즐기고 있다는 것을 깨닫게 되는 때가 온다. 그제야 어렵게 인연을 정리해보지만 이미 많은 것을 잃은 뒤다. 상대로 인해 허비해버린 소중한 시간과 에너지, 그리고 정서적인 피해는 어디서도 보상받을 길이 없다.

그리고 찾아오는 건 배신자라는 낙인이다. 상대를 위해 그렇게 오랜 시간 배려하고 노력해줬음에도, 그걸 더 참고 희생해주지 않는다는 이유로 그는 나쁜 사람이 되고, 상대는 배신당한 사람이 된다. 한 번 잘못 맺은 인간관계로 인해 너무 많은 걸 잃게 되는 것이다. 그렇게 되지 않으려면 느낌이 왔을 때 하루라도 빨리 선을 긋는 게 중요하다. 잘못을 제공하는 건 상대지만 그 결과는 내 책임이다.[*]

---

[*] 《한 번에 되지 않는 사람》, 김경호 지음, 허밍버드, 2021.

📝 맥락에 맞게 이어 쓰기

드라마 즐겨 보세요? 공감 가는 이야기에 대리만족까지 선사하는 드라마를 마다하는 사람은 많지 않을 거예요. 매회 어찌나 궁금하게 끝나버리는지, 다음 편이 언제 나오나 목이 길어지죠. 대미를 장식할 최종회를 기다리는 마음은 더합니다. 그런데 기대가 너무 커서일까요. 드라마 마지막 회를 보고 나서, 혹은 장편소설 마지막 장을 덮으며 이런 생각을 한 번쯤 해봤을 거예요.

'에이, 결말이 왜 이래! 내가 써도 이보다는 더 잘 쓰겠다.'

서사는 수많은 개연성으로 연결되어 있습니다. 다음 장면이 어떻게 진행될지 아주 구체적으로는 알지 못하더라도 촉이 옵니다. 사람 사는 이야기에는 보편성이 있고 어김없이 클리셰가 등장하니까요. 오히려 두 발을 딛고 사는 현실 세계에 예기치 못한 사건이 불쑥 끼어들곤 하죠.

내용의 총합이 열이라면 예상 가능한 범위가 여덟아홉 정도는 되어야 읽는 사람이 흥미를 갖고 따라갑니다. 어제는 교통사고가 나고, 오늘은 백마 탄 왕자가 나타나더니 내일은 로또에 당첨되면 그 이야기를 끝까지 참고 볼 사람은 없을 거예요.

자, 여러분께 최종회를 수정할 기회를 드리겠습니다. 스스로 드라마 작가라고 여기고 흐름이 뚝 끊긴 글의 뒷이야기를 써보세요. 충분히 이해해야만 다음 내용으로 나아갈 수 있습니다. 눈사람을 만들려면 눈덩이부터 굴려야지 급하다고 눈, 코, 입부터 붙일 순 없는 노릇이잖아요.

지문을 함께 살펴볼까요(네, 글밥 코치가 쓴 글입니다).

'한 귀로 듣고 한 귀로 흘려~'라는 말이 어디 말처럼 쉬운가. 아, 물론 예외는 있다. 부모님의 잔소리는 아주 쉽다.

그 외에는 일단 말이 한 귀로 들어온 이상, 뇌를 거쳐야 반대편 귀로 빠져나갈 수 있으니 보통 어려운 일이 아니다. 게다가 그런 말은 보통 마음이 구겨질 대로 구겨졌을 때 하는 위로 아닌가. 나 역시 한 귀로 듣고 한 귀로 흘리는 일이 참으로 어려운, 종지 같은 사람 중 하나다.

하지만 세상엔 나처럼 종지 그릇만 있는 게 아니라 사발도 있고 세숫대야만 한 사람도 있다는 걸 그땐 몰랐다.

이어 쓴 글)

간장 종지 같은 나는, 유독 나만 남의 말에 신경 쓰는 줄 알았는데 내 옆자리 동료는 더했다. 그는 세숫대야보다 다섯 배는 더 큰 욕조 같은 사람이었다. 지나가면서 스치듯 한 이야기며 시시껄렁한 농담까지 모두 마음에 담아두었다. 그렇게 남의 이야기를 모두 담아두어서일까, 표정이 늘 어두웠다.

어떤가요? 내용이 자연스럽게 이어졌나요? 그렇다고요? 아, 안 돼요. 이상한 점을 발견했어야 합니다.

지문에서 '그릇의 크기'는 다른 말로 풀자면 '마음의 여유'입니다. 즉, 종지처럼 마음의 여유가 작아서 한 귀로 듣고 흘리는 게 어렵다는 뜻입니다. 반면 세숫대야처럼 마음이 넉넉해, 요즘 말로 쿨한 사람도 있다는 걸 알게 됐다는 문장으로 마무리됩니다. 다음 내용은 어떻게 흘러가야 할까요. 그 넉넉한 마음을 가진 사람 이야기가 나와야겠죠.

이어 쓴 내용은 어떤가요. 오히려 모든 걸 마음에 담아두는 꽁한 사람 이야기가 나옵니다. 욕조처럼 마음 그릇이 큰데, 그 큰 용량을 '여유'가 아닌 '담아두는 말의 총량'으로 혼동한 것이지요. 본디 그

● 《오늘 서강대교가 무너지면 좋겠다》, 김선영 지음, 유노북스, 2020.

룻의 용도가 무언가를 담는 데 있다 보니 순간적으로 착각을 일으키기 쉽습니다. 글을 읽거나 쓸 때는 늘 선입견을 조심해야 합니다.

이와 같은 실수는 생각보다 빈번합니다. 대강 보아 넘기고 내용을 올바르게 이해했다고 믿습니다. 이어 쓰기 훈련을 하면 흐름을 쉽게 놓치지 않습니다.

이어 쓰기를 훈련하면 문해력에 도움이 된다

1 주의 깊게 글을 읽는 힘, 집중력이 생긴다

다음 내용을 이어서 써야 할 작가가 바로 자신이라는 걸 자각하면서 책임감이 생겨 글을 집중해서 읽습니다.

2 핵심을 짚어내는 능력이 생긴다

글을 읽고 정보를 수집할 때 '무엇이 진짜 중요한지' 핵심을 찾는 노력을 합니다. 키워드, 중심 문장, 주제를 찾아내려고 머릿속에서 끊임없이 사투를 벌입니다. '내가 놓치지 말아야 할 내용은 무엇이지?' 스스로 질문하면서요.

3 구성을 고민한다

글에는 다양한 구성이 있죠. 앞부분에서 사례를 들어 흥미를 끌고 진입 장벽을 낮춰주었다면, 뒤에서는 사례를 뒷받침하는 근거로 채

웁니다. 아니면 또 다른 사례를 들어 설득력을 더하는 방법을 택할수도 있습니다. 한편, 어떻게 마무리할지는(여운을 주며 끝낼지, 단호한 메시지로 독자 가슴에 도장을 쾅! 박을지) 선택하기 나름이겠죠. 다음을 이어서 쓰려면 자연스레 구성을 고민하게 됩니다.

이어 쓰기 훈련은 결국, '말이 되도록' 글을 짓는 작업입니다. 앞뒤 맥락을 완벽하게 이해해야만 가능한 일이지요. 글을 소화해서 개연성 있게 재구성하는 능력, 다름 아닌 문해력입니다.

낯선 글에 새로운 내용을 붙이는 일은 처음엔 어려워도 하면 할수록 늡니다. 처음 줄넘기했을 때를 떠올려보세요. 발이 자꾸 걸리던 것이 나중에는 한 발 뛰기, 2단 뛰기까지 해내잖아요.

문해력 PT

1. 다음 글을 읽고 세 번째, 네 번째 문단을 이어서 써보자. (제목에 어울리는 글 한 편으로 완성하자.) ✏✏✏

하루라도 빨리 책 읽는 습관을 들여야 하는 이유

1) 나이가 들수록 시간이 더 빠르게 흘러간다고 해요. 우리 뇌가 그렇게 느끼도록 설계돼 있답니다. 여차하면 세월에 끌려가는 형국이죠. 내 인생을 주도적으로 살려면, 지금까지 안 해본 일을 많이 시도하는 게 도움이 된다고 합니다. 새로운 자극이 없으면 매일 그날이 그날 같고, 그저 늙어가는 거예요.

2) 그렇다고 가정과 직장이 있는 사람들이 매일 모험하며 살 수는 없어요. 음악이 좋다고 갑자기 회사 때려치우고 밴드 못하잖아요. 사후세계가 궁금해 죽겠다고 진짜 죽을 수도 없는 노릇이고요. '인생에 한 번쯤 영화 같은 사랑도 해봐야지' 하면서 남편과 아이 놔두고 훌쩍 떠날 용기 있나요? 꼰대 상사의 심리를 연구해보겠다고 대학원 진학해서 심리학 공부를 시작할 수도 없습니다.

3)
_____
_____
_____
_____
_____

4)
_____

_____

_____

_____

_____

2. 다섯 번째 문단까지 이어 써보자. ⚏⚏

5)
_____

_____

_____

_____

⚡ 원문은 글밥 코치 브런치에서 확인해보세요.
   : 글밥 브런치 〉 서평맛집 〉 하루라도 젊을 때 시작하자

문장 구조 베껴 쓰기

'나는 왜 늘 비슷비슷한 문장을 쓸까' 하는 고민을 해본 적 있나요? 항상 고만고만한 단어만 사용하고, 비슷한 어미로 마무리합니다. 남들처럼 유려하게 써보고 싶은데 마음처럼 잘 안되죠. 어휘력한계도 있지만 다양한 문장 구조를 경험해보지 않은 까닭도 있습니다. 문장을 짓는 일은 생각하는 방식이자, 뿌리 깊은 습관이기도 합니다. 의식하지 않으면 누구나 자신에게 익숙한 패턴을 즐겨 쓰기마련입니다.

🖋 다양한 유형의 문장 구조

- 나는 갓 튀긴 치킨을 먹자 힘이 솟았다. (능동형)
- 갓 튀겨진 치킨을 먹자 나의 입속은 즐거워졌다. (피동형)
- 갓 튀긴 치킨은 나로 하여금 즐거움을 주었다. (번역투)
- 나는 즐거움을 얻기 위해 갓 튀긴 치킨을 먹었다. (번역투)
- 갓 튀긴 치킨을 통해 얻은 즐거움! (번역투)

똑같이 치킨을 먹어도 누구는 주어를 사람으로, 누구는 치킨으로 놓습니다. 평소 말할 때와는 달리 글은 번역투로 쓰는 사람도 많습니다. 글밥 코치는 문장을 쓸 때 능동형으로, 번역투를 지양하고 구체적인 단어를 고르고 골라서 쓰라고 합니다. 더 생생하고 잘 읽히기 때문이죠.

하지만 세상에는 내가 원하는 스타일의 글만 존재하지는 않습니다. 지문이 모두 다른 것처럼 사람마다 문장 쓰는 방식이 다릅니다. 번역서는 번역자에 따라 또 달라집니다. 글맛을 살리거나 여운을 주려고 일부러 문장을 뒤틀기도 합니다. 그때마다 "왜 이렇게 헷갈리게 글을 쓰느냐?"고 따져 묻지 못합니다. 누구나 자신의 방식대로 글을 쓸 권리가 있으니까요. 문제는 내 스타일이 아닌 글은 읽기도, 이해하기도 힘들다는 것입니다.

이를 극복하는 방법은 다양한 문장 구조를 익히는 것입니다. 다양한 문장 구조에 익숙해지면 그만큼 글을 이해하는 속도가 빨라집니다. 이전에는 단어 단위로 해석했다면, 문장 단위, 문단 단위로 덩어리째 해석합니다. 문장이나 문단을 패턴으로 인식하기 때문입니다.

필사는 문장력뿐만 아니라, 문해력을 키우는 데에도 보탬이 됩니다. 남이 쓴 글을 보고 생각의 궤적을 좇아가면서 새로운 문장 구조나 형식을 배우기 때문입니다. 특히 문장의 뼈대만 골라서 베껴 쓰는 훈련을 하면 어휘력은 물론, 문장 안에서의 인과, 논리 흐름을 고민하면서 사고력도 발달합니다. 각종 요소를 얽어서 체계적인 통일체를 만들어내는 힘, 구성력도 커지겠죠.

문장 구조(글의 뼈대)를 남기라는 말은 주어나 목적어는 다른 단어로 바꾸되 조사나 서술어는 그대로 살려보라는 뜻입니다. 가령 '~은(는), ~이(가), ~처럼, ~의, ~에, ~했고, ~했으며, ~했다' 등은 남기자는 것이지요.

뼈대를 살리면서 새로운 내용을 매끄럽게 창작하는 일은 꽤 어렵습니다. 적확한 단어를 찾아 끼워 넣어야 하고, 문장 간의 위계가 엉키지 않아야 하며 주술 호응에도 신경 써야 하니까요.

글쓰기 모임에서 이와 같은 훈련을 했을 때 생각지도 못한 글들이 새롭게 탄생했어요. 제시한 지문은 요조의 《아무튼, 떡볶이》라는 에세이의 일부였습니다.

[색깔]에서 연상되는 [강렬한 매운 기운]은 전혀 없었다. [양념]은 [정많은 사람]처럼 [진득하고 달큰했다.] 다만 아주 깊은 심연에서 "[얼마든지 너네를 보내버릴 수 있지만 참겠어]"라고 말하는 듯한 [매운 기운]이 있었다. 결코 [먹는 이를 공격]하지 않았으나 [먹는 사람]은 절로

알아서 제압이 되어버리고 마는 [매운 맛이었다.] *

　떡볶이를 사랑하는 요조가 자신이 가보았던 떡볶이집과 이를 둘러싼 추억을 유쾌하게 그려낸 에세이인데요. 읽고 나서 '절로 알아서 제압되어버린' 매력적인 책이었습니다. 구체적이고 생생한 묘사, 떡볶이를 의인화한 부분이 특히 압권입니다. 뼈대를 제외한 단어 일부에 괄호를 씌우고 다른 단어로 바꾸어 나만의 글을 완성하는 훈련 과정이었습니다. 어떤 글이 나왔을까요? (바뀐 단어는 색깔로 구분했습니다.)

　양푼에서 연상되는 조화로움은 전혀 없었다. 오만동이 **는 툭하면 우는 사람처럼 툭 터지면 시원하고 달콤했다. 다만 아주 깊은 심연에서 "여기가 제주도 앞바다다 요 녀석들아!"라고 말하는 듯한 찝찌름함이 있었다. 결코 매끈하지 않았으나 젓가락을 든 사람은 절로 알아서 제압이 되어버리고 마는 쫄깃하고 상스러운 맛이었다.

<아무튼, 오만동이>, 아바매글 글쓰기 모임원 박세은

---

* 《아무튼, 떡볶이》, 요조 지음, 위고, 2019.

** 미더덕과 비슷한 모양의 측성해초목 미더덕과의 착생동물로, 정식 이름은 '오만둥이'다. 지역에 따라 오만동이, 오만디, 오만동 등으로 불린다.

빛깔에서 연상되는 싱그러움은 전혀 없었다. 향은 실험실 알콜 램프처럼 콧구멍을 찔렀다. 다만 아주 깊은 심연에서 "어서 나를 비우고 나를 마이크 삼아 노래나 한 곡 뽑아봐"라고 말하는 듯한 알딸딸함이 있었다. 결코 아무도 강요하지 않았으나 마시는 사람은 절로 알아서 제압이 되어버리고 마는 중독성이 있었다.

〈아무튼, 소주〉, 아바매글 글쓰기 모임원 김채원

오만동이쯤에 소주 한잔 기울이고 싶어지네요. 요조의 문장 구조를 그대로 살려 떡볶이 대신 다른 음식을 뛰어나게 묘사했습니다. 내용이 음식에만 한정되는 것도 아닙니다.

단어에서 연상되는 크나큰 진동은 전혀 없었다. 통증은 생리통처럼 배가 약간 서늘해지는 정도였다. 다만 아주 깊은 심연에서 "머지않아 배 위로 기차가 지나가는 느낌이 들기 시작할 거야"라고 말하는 듯한 규칙적인 수축과 이완이 있었다. 결코 수축은 강력하지 않았으나 출산이 처음인 나는 절로 알아서 제압이 되어버리고 마는 아픔이었다.

〈아무튼, 출산〉, 아바매글 글쓰기 모임원 김진주

문장의 놀라운 변신이죠? 이처럼 하나의 문장 구조에 다양한 상황을 대입해보는 거예요. 어떤 단어를 고르고 어떤 논리를 입힐까 고민하고, 결국 문장들이 모여 하나의 통일성을 이루도록 만드는 문장 구조 베껴 쓰기, 문해력 향상에 도움이 되겠죠?

🦻 문해력 PT

다음 문장 뼈대에 나의 경험을 더해 새로운 이야기를 창작해보자.
(괄호 안의 단어만 교체)

A) 언제든 [다시 갈 수 있다]고 생각했다. 그렇기에 [절박하지] 않을 수 있었다. 그러나 [보이지 않는 장벽]이 [사람과 사람 사이]를 가로막은 시기부터 나는 [지난날의 여행법]을 조금씩 후회하고 있다. 좀 더 [살피]고, 좀 더 [걷]고, 좀 더 [말 걸]고, 좀 더 [마음 쏟]걸, 하는 마음이 들었다.

B) 어떤 면에서 보면, [여행]이란 단순히 [사치나 낭비]일지도 모른다. 혹은 우리 영혼 속에는 [떠나고 싶다는 마음]이 흉터처럼 남아 있어서, 자꾸만 [간지러운] 것에 불과할지도 모르겠다. 어찌 됐든 나는 [여행]으로 [다시 살아갈 힘]을 얻어왔다. 우리는 [떠났을 때] 비로소 [돌아갈 마음이 들]기 때문이다.*

---
* 《인생의 계절》, 윤성용 지음, 스토너, 2021.

1. A문단만 **II**

_____

_____

_____

_____

2. B문단까지 **III**

_____

_____

_____

_____

3. 베껴 쓴 글 뒷이야기를 상상해서 이어 써보자. (바로 이전 챕터 '맥락에 맞게 이어 쓰기' 참고) **III**

_____

_____

_____

_____

뼈대에 붙일 단어들이 대강 떠오르면 국어사전에서 유의어를 찾아보세요. 문장 구조에 딱 들어맞는 단어가 나올 때까지 유의어의 유의어를 검색해보세요.

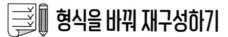

형식을 바꿔 재구성하기

week 7

17회 차

사람은 겉모습보다 속마음이 중요하다고 하죠. 글도 형식보다는 내용이 중요하다고 판단하는 경향이 있습니다. 군이 하나를 따지자면 내용 쪽에 손을 들겠지만, 그렇다고 형식을 무시하지 못합니다. 똑같은 사람이라도 트레이닝복을 걸치느냐, 정장을 차려입느냐에 따라 분위기가 확 달라 보이잖아요. 같은 내용을 담아도 형식에 따라 다른 인상을 줍니다. 작가의 메시지를 더욱 두드러지게 하거나 아름답게 만들기도 합니다.

내용과 형식이 조화로운 글이야말로 뛰어난 글 아닐까요. 특히, 문학은 형식미가 돋보이는 장르죠. 예를 들어, '기차'를 소재로 시를 쓴다고 가정해볼게요. 일반적으로 연을 구분하는 시와 달리 가로나 세로로만 길게 단어를 나열하는 형식을 시도해보는 거예요. 기차 형상처럼요. 사랑에 빠진 감정을 글로 표현할 때는 어떤 형식이 가장 잘 어울릴까요? 저는 서간문이 떠오르네요.

글 내용은 유지한 채 다른 형식들로 바꾸려면 다양한 형식의 이

4장 구성 근육

해, 핵심을 간파하는 능력, 유연한 사고 등이 필요합니다. 훈련을 통해 이러한 능력을 갈고닦으면 구성력이 강해집니다. 어색해도 시도해보세요. 형식의 변주는 읽는 이에게도 쓰는 이에게도 흥미로운 일입니다. 아래는 요양보호사로 일했던 저자가, 요양원에 들어온 날 갑자기 입을 꾹 닫아버린 한 할머니와 있었던 에피소드를 쓴 글입니다.

그날 이후 할머니는 입을 꾹 다물고 한마디 말도 하지 않았다. 며칠 지나면 괜찮아질 거라고 생각했지만 일주일이 흘러도 할머니의 말은 돌아오지 않았다. 부랴부랴 서울에 사는 보호자에게 연락했다. 급하게 서울에서 내려온 딸이 엄마를 만났다. 하지만 할머니는 딸을 바라보기만 할 뿐 어떤 말도 하지 않았다.

할머니는 치매 3등급으로 일상생활에서는 다른 사람의 도움이 필요했지만, 듣는 것과 말하는 것에는 문제가 없었다. 말할 수 있는데도 일절 입을 다문 것은 마음에 문제가 생긴 것이 분명했다. 나도, 보호자도 할머니의 마음이 풀릴 때까지 마냥 기다릴 수는 없었다. 딸은 원주에서 당분간 지낼 거처를 마련했다. (하략)[*]

[*] 《당신이 꽃같이 돌아오면 좋겠다》, 고재욱 글·박정은 그림, 웅진지식하우스, 2020.

내용은 살리되 형식만 바꿔볼까요? 패션쇼를 하듯 다양한 옷을 바꾸어 걸쳐보는 겁니다.

대화체 형식으로 바꿔 써보기

"할머니, 안녕히 주무셨어요?"

"……."

"할머니, 밖에 하늘 좀 보셔요. 구름 한 점 없이 파란 게, 벌써 가을이 왔나 봐요?"

"……."

"할머니, 오늘은 기분이 좀 어떠세요?"

"……."

"김복자 님 보호자 되시죠? 아, 큰일은 아니고요. 주말에 시간 되시면 잠깐 내려오실 수 있나요? 어머님이 들어오신 뒤로 말씀을 통 안 하셔서요."

"엄마, 막내딸 왔어. 식사는 하셨어?"

"……."

"딸 많이 보고 싶었지?"

"……."

"엄마가 왜 이럴까요?"

"오시고 쭉 말씀이 없으셨어요. 하루 이틀 정도는 적응하시느라 그러는 분들도 계신데 좀 길어지네요. 당분간은 따님이 자주 찾아뵙는 게 좋겠어요."

서술형 문장을 모두 대화체로 바꾸어보았습니다. 원 글을 읽고 맥락을 파악한 후 배경지식과 상상력을 끌어모아야겠죠. 실제 대화 내용과 달라도 누가 뭐라 할 사람 없습니다. 대화 장면을 직접 보지 않았더라도 충분히 묘사할 수 있습니다. "A라는 상황에서는 보통 B라고 반응한다"라는 보편적인 맥락이 존재하니까요.

편지 형식으로 바꿔 써보기

사랑하는 우리 복자 씨!

엄마, 엄마가 제일 예뻐하는 막내딸이야. 오늘 얼굴 보고 오니까 조금 안심이 되면서도 미안한 마음이 커지네. 엄마를 요양원으로 보내기까지 수없이 고민했어. 애들 학원비에, 혼자 일하는 이 서방 눈치도 보이고. 엄마 옆만 지키고 있다가는 이도 저도 안 될 것 같아서 일자리라도 찾아보려고 그랬어. 많이 서운했지. 얼마나 서운했으면 입 꾹 닫고 딸 얼굴도 안 쳐다볼까. 엄마 마음이 풀릴 때까지 내가 원주에 지내면서 매일 찾아갈게. 내일은 엄마가 좋아하는 호두과자를 사 갈까 해. 목소리 들려주는 거지?

2022. 9. 4. 막내딸 지영

요양보호사 3인칭 관찰자였던 시점이 편지 형식에서는 딸 1인칭 주인공 시점으로 바뀌었습니다. 똑같은 사건이라도 누가 바라보느냐에 따라 느낌이 다르고 강조되는 감정이 바뀌죠?

마치 달고나 반죽에 세모, 동그라미, 별 모양 틀을 찍어 누르듯, 글을 여러 가지 틀에 넣어 변형시켜보세요. 더 많은 의미가 나에게로 스며듭니다. 내용과 메시지를 더 깊이 새길 수 있습니다. 잊지 마세요. 구성력은 수많은 실험을 하면서 꽃을 피웁니다.

앞에서 본 《당신이 꽃같이 돌아오면 좋겠다》 내용을 시 형식으로 바
꿔 써보자. (분량은 자유롭게) *III*

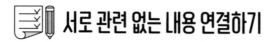

서로 관련 없는 내용 연결하기

《명상록》이라고 들어보았나요? 로마제국 16대 황제이자 스토아학파 철학자 마르쿠스 아우렐리우스가 10여 년에 걸쳐 '자기 자신에게(Ta eis heauton)'* 쓴 일기입니다. 하버드, 옥스퍼드 등 명문대에서 필독서로 꼽히기도 하고요.

일기가 그렇듯, 《명상록》은 마르쿠스가 출판하려고 저술한 책이 아닙니다. 시간이 날 때마다 틈틈이 기록한 다짐과도 같은 글이죠. 한동안 자기계발 열풍이 불면서 많은 이들이 미라클 모닝, 긍정 확언, 감사 일기라는 다양한 이름으로 매일 짤막한 반성과 다짐을 쓰는 루틴을 만들었죠. 그 원조 격이라고 할까요. 나태하고 흔들리는 자신을 다잡으려는 노력은 예나 지금이나 비슷한 듯합니다.

마르쿠스가 황제가 되었을 때 로마제국은 쇠락의 시기로 끊임없

---

* 《명상록》의 그리스어 원제목이다.

4장 구성 근육

는 침략을 받았습니다. 그는 혼란 속에 나라를 통치하면서 전쟁을 승리로 이끌어야 했으니 얼마나 절박한 상황이었겠어요. 그래서인지 풍파에 쓰러지지 않고 인간답게 살려면 어떤 마음가짐을 가져야 하는지 사색하고 성찰한 내용이 주를 이룹니다. 흥미로운 사건이나 줄거리가 있지는 않지만 번역이 매끄럽게 잘돼 있어 고전치고는 술술 읽히는 편입니다.

총 12권*으로 묶인 《명상록》은 가족과 지인의 이야기로 꾸민 제1권을 제외하면 배움, 도덕, 자연, 우주, 죽음 등에 대한 자신의 신념을 짧게 기록한 구성으로 특정한 목적이나 주제로 꿰어지는 글이 아닙니다. 각 문단마다 새로운 글이 전개되는 식입니다. 그러니 꼭 처음부터 읽지 않아도 내용 파악에 지장이 없습니다. 손에 잡히는 대로 펼쳐서 읽어도 좋은 책이란 말이죠. 당시 시대 배경이나 인물 정보도 각주를 친절하게 달아놨습니다.

여기까지 책 소개를 들으니 호기심이 좀 생기나요? 오늘 훈련은 《명상록》을 새롭게 구성해보는 거예요. 감히 신성한 고전을 마음대로 건드려도 되느냐고요? 이번 PT 목표 중 하나는 글과 책을 둘러싸고 있는 단단한 성벽을 무너뜨리는 것입니다. 특히 고전은 유익하

---

* 원전의 느낌을 살려 '장'이 아닌 '권'으로 표기했다.

긴 하지만 함부로 도전하면 안 되는 분야라거나 '마음먹었다가 포기하기를 반복하는 책'으로 규정짓는 사람이 많은데요. 어떤 책도 독자를 위압해서는 안 되고, 또 어떤 독자도 책에 위압당해서는 안 된다는 게 글밥 코치의 견해입니다.

《명상록》은 새로운 글귀를 시작할 때마다 첫 문장 앞머리에 번호를 매겨놓았는데요. 이는 번역을 하면서 편의상 단 것입니다. 제7권 내용 중 일부를 가져왔습니다.

6. 대중들로부터 큰 박수갈채와 칭송을 받던 수많은 영웅들은 이미 사람들의 기억 속에서 잊혀졌고, 그들에게 박수갈채를 보내고 그들을 칭송했던 수많은 사람들도 이미 오래전에 사라지고 없다.

7. 다른 사람에게서 도움받는 것을 수치스러워하지 말라. 성을 돌파해야 하는 전사처럼 네게는 맡겨진 임무가 있고, 네가 해야 할 일은 그 임무를 완수하는 것이기 때문이다. 네가 다리를 절어서 혼자 힘으로는 성벽을 기어오를 수 없지만, 다른 사람의 도움을 받는다면 성벽을 기어올라 성을 점령할 수 있다면, 너는 어떻게 하겠는가.

8. 미래를 염려하지 말라. 운명에 의해서 네가 그 미래로 가야 한다면, 너는 지금 현재에서 사용하고 있는 바로 그 동일한 이성을 가지

고서 미래로 가면 되기 때문이다.*

    번호가 달린 각 글을 전체 글을 이루는 하나의 문단이라고 가정해 보세요. 6, 7, 8은 각각의 글이지만 6과 7, 7과 8 사이에 추가 문장을 넣어 흐름을 자연스럽게 연결해봅니다. 마르쿠스의 사상이나 의도를 배제한 채, 오로지 텍스트 자체만 놓고 뜻을 해석하고 논리적으로 글을 이어봅시다. 글밥 코치가 먼저 시범을 보이겠습니다.

6. 대중들로부터 큰 박수갈채와 칭송을 받던 수많은 영웅들은 이미 사람들의 기억 속에서 잊혀졌고, 그들에게 박수갈채를 보내고 그들을 칭송했던 수많은 사람들도 이미 오래전에 사라지고 없다.

(추가) 먼지처럼 흩어질 명예에 집착하지 말라. 혼자서 잘난 사람이 되려고 하지 말고, 먼저 손 내밀 줄 아는 사람이 되어라.

7. 다른 사람에게서 도움받는 것을 수치스러워하지 말라. 성을 돌파

---

* 《명상록》, 마르쿠스 아우렐리우스 지음, 박문재 옮김, 현대지성, 2018.

해야 하는 전사처럼 네게는 맡겨진 임무가 있고, 네가 해야 할 일은 그 임무를 완수하는 것이기 때문이다. 네가 다리를 절어서 혼자 힘으로는 성벽을 기어오를 수 없지만, 다른 사람의 도움을 받는다면 성벽을 기어올라 성을 점령할 수 있다면, 너는 어떻게 하겠는가.

(추가) **당연히 도움을 받는 편이 낫다. 도움을 청했을 때 거절을 당할까 봐 두려운가.**

8. 미래를 염려하지 말라. 운명에 의해서 네가 그 미래로 가야 한다면, 너는 지금 현재에서 사용하고 있는 바로 그 동일한 이성을 가지고서 미래로 가면 되기 때문이다.

앞뒤로 무관한 내용 사이에 한두 문장씩만 추가했는데 서로 연결성이 생겼습니다. 마치 원래 이어진 글처럼 느껴지지 않나요? 글을 쓴다는 건 문장을 끊임없이 연결하며 앞으로 나아가는 행위입니다. 앞뒤 문장에 이질감이 없도록 다리를 놓는 셈이죠. 그러려면 앞의 내용과 맥락을 모두 기억하고 흐름을 놓치지 않아야 합니다. 탄탄한 구성 능력은 바로 그 지점에서 출발합니다.

《명상록》다시 쓰기, 이제 당신 차례입니다.

🖋 문해력 PT

《명상록》 제6권의 일부를 발췌했다. 단락 사이에 들어갈 문장을 지어서 자연스럽게 글을 이어보자. (한 문장 이상 추가해도 좋다.)

51. 명성을 좋아하는 사람은 자신에게 이로운 것이 다른 사람의 반응에 있다고 생각하고, 쾌락을 좋아하는 사람은 자신에게 이로운 것이 자신의 감각에 있다고 생각하지만, 이성을 지닌 사람은 자신에게 이로운 것이 자신의 행위에 있다고 생각한다.

52. 우리는 어떤 일에 대해 판단 자체를 하지 않고, 그리하여 우리의 정신을 괴롭히지 않는 것이 가능하다. 어떤 일이든 우리에게 그 일에 대한 판단을 하도록 강요하는 것은 불가능하기 때문이다.

53. 다른 사람이 하는 말을 귀 기울여 듣고, 가능한 한 그 사람의 입장이 되어보는 것이 너의 몸에 배게 만들어라.

54. 벌 떼에게 유익하지 않은 것은 한 마리 벌에게도 유익하지 않다.

55. 배를 탄 승객들이 키잡이를, 환자들이 의사를 욕한다면, 그들은 누구의 말을 들어야 하고, 키잡이는 승객들의 안전한 항해를, 의사는 환자들의 건강을 어떻게 보장할 수 있겠는가.

⚡《명상록》 책을 갖고 있다면 스스로 원하는 문단을 골라도 좋습니다.

1. 51-52-53 잇기 ⚏⚏⚏

2. 51-52-53-54-55 잇기 ⚏⚏⚏⚏

51. 명성을 좋아하는 사람은 자신에게 이로운 것이 다른 사람의 반응에 있다고 생각하고, 쾌락을 좋아하는 사람은 자신에게 이로운 것이 자신의 감각에 있다고 생각하지만, 이성을 지닌 사람은 자신에게 이로운 것이 자신의 행위에 있다고 생각한다.

(추가)

_____

_____

52. 우리는 어떤 일에 대해 판단 자체를 하지 않고, 그리하여 우리의 정신을 괴롭히지 않는 것이 가능하다. 어떤 일이든 우리에게 그 일에 대한 판단을 하도록 강요하는 것은 불가능하기 때문이다.

(추가)

_____

_____

53. 다른 사람이 하는 말을 귀 기울여 듣고, 가능한 한 그 사람의 입장이 되어보는 것이 너의 몸에 배게 만들어라.

(추가)

_____

_____

54. 벌 떼에게 유익하지 않은 것은 한 마리 벌에게도 유익하지 않다.

(추가)

_____

_____

55. 배를 탄 승객들이 키잡이를, 환자들이 의사를 욕한다면, 그들은 누구의 말을 들어야 하고, 키잡이는 승객들의 안전한 항해를, 의사는 환자들의 건강을 어떻게 보장할 수 있겠는가.

책을 읽다가 자꾸 딴생각이 들어요

정신을 차려보니 나도 모르게 딴생각에 빠져 허우적거리고 있습니다. 분명 책을 읽고 있었는데 희한하지요.

꼬리에 꼬리를 무는 딴생각!

친구와 만나는 날이 수요일이었나, 목요일이었던가 → 그날 점심은 뭐 먹지? → 주변에 괜찮은 카페가 있으려나 → 새로 산 옷을 입어야겠다 → 아, 그 옷 드라이클리닝을 맡겼던 것 같은데!

딴생각은 보통 딴짓으로 발전합니다. 약속 날짜만 확인하려고 스마트폰을 잠깐 꺼냈다가 애초의 목적은 잊고 게임을 켜거나 SNS에 몰두하죠.

딴짓의 열에 아홉은 스마트폰 보기일 거예요. 하루 종일 한 몸처럼 붙어 있는데 독서 시간만큼이라도 떨어뜨려놓는 게 상책입니다. 책상 옆에 엎어둘 거라고요? 에이, 그런 뻔한 수법은 안 통합니다. 웬만하면 눈앞에서 안 보이게, 몸에서 최대한 먼 곳에 놔두세요. 내 방에서 책을 읽는다면 다른 방에, 침대 베개 밑에 숨겨두세요. 책을 읽다가 모르는 개념이나 단어가 나오면 바로 스마트폰을 열어서 찾지 말고 표시해두었다가 독서를 끝낸 후 한꺼번에 확인합니다. 주의집중이 흐트러지는 상황을 처음부터 만들지 않는 게 가장 확실한 '딴짓 예방법'입니다.

딴짓은 방해물을 없애면 되지만, 머릿속에서 시도 때도 없이 떠오르는 딴생각은 어떻게 막느냐고요?

독서 중 딴생각을 차단하는 방법

1 딴생각을 메모하라

딴생각은 꼬리에 꼬리를 물고 끝없이 이어집니다. 꼬리가 계속 자라나기 전에 묶어버려야 하는데요. 딴생각이 떠오르는 순간, 그것을 짧게 메모하세요(예시: 약속 날짜 확인, 세탁소에 연락). 독서가 끝난 후 본격적으로 고민해도 늦지 않습니다.

2 물 한잔을 마셔라

머리끝까지 화가 났을 때 시원한 물 한잔을 마셔보세요. 놀랍게도 이글거리던 분노가 꽤 사그라든답니다. 책을 읽다가 집중력이 흐려지고 엉덩이가 들썩거리기 시작하면 딴생각이 스멀스멀 올라올 거예요. 잠깐 일어나서 스트레칭을 하고 물 한잔 마시고 오세요. 기분 전환을 하면 활력이 돌아옵니다. 뇌는 못다 한 일을 마치고 싶어 하게끔 프로그래밍이 되어 있답니다. 곧 다시 몰입합니다. 다만, 너무 긴 시간 자리를 뜨지 않도록 하세요.

3 마감을 정하라

오늘 하루 책 읽을 시간이나 분량, 혹은 둘 다 정합니다. "지금이 2시니까 3시까지 60페이지를 읽겠다" 식으로 말이에요. 마감을 본인 능력보다 살짝 밭게 잡는 게 좋습니다. 딴생각할 겨를이 없습니다. 타이머나 모래시계처럼 시간의 흐름을 직관적으로 보여주는 도구도 사용해보세요.

4 장소를 옮겨라

독서 루틴을 만드는 것은 중요하지만, 때때로 찾아오는 싫증도 경계

하고 대비해야 합니다. 어느 날 갑자기 '독서가 다 무슨 소용이야, 지긋지긋해!' 하는 부정적인 감정이 속에서 올라올 때가 있을 거예요. 그럴 땐 분위기를 바꿔보는 것도 좋습니다. 늘 내 방에서만, 혹은 똑같은 카페에서만 책을 읽었다면 다른 장소로 옮겨보세요. 혹시 모르죠, 나만의 슈필라움(Spielraum)˙ 을 발견하게 될지.

함께 읽는 방법도 있습니다. 글밥 코치는 독서 모임 회원들과 시간을 정해두고, 온라인 화상회의 플랫폼에 접속합니다. 보통 온라인 화상회의는 독서 토론이나 강의를 할 때 사용하곤 했는데요. 독서 환경을 설정하는 데에도 유용합니다.

밤 9시에 온라인 회의실을 열면 독서를 하고 싶은 사람들이 들어옵니다. 피곤에 쩔은 얼굴을 남들에게 내보이기 부끄럽다고요? 굳이 낯을 비출 필요가 없습니다. 카메라는 각자의 책을 비추는 거죠. 화면에는 자신의 속도대로 책을 읽으며 페이지를 넘기는 사람들의 손만 보입니다. 스피커는 꺼두고요. 모두가 찬성한다면 잔잔한 음악을 틀어 공유

˙ 타인에게 방해받지 않는 나만의 놀이 공간이란 뜻. 독일어 '슈필(Spiel, 놀이)'과 '라움(Raum, 공간)'을 합쳐 만든 말이다.

합니다. 마치, 한 카페에 함께 앉아 독서를 하는 기분이죠. 스마트폰으로 온라인 회의실에 접속하면 폰을 아예 건들지 못하니 방해물도 사라지죠. 서로가 합의한 유쾌한 감시라고나 할까요.

5장

문해력 체력장

근육이 얼마나 늘었을까?

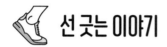 # 선 긋는 이야기

어느새 주 3회 문해력 PT가 모두 끝났습니다. 포기하지 않고 잘 따라왔네요! 그동안 고생 많았습니다. 문해력 근육이 전보다 탄탄해진 느낌이 드세요? 열심히 훈련대로 따라가기는 했는데 잘 모르겠다고요? 스스로 점검해보는 시간을 마련했습니다.

먼저, 문해력의 근간이 되는 어휘력 부문입니다. 단어와 단어 사이에 선을 그어볼 건데요. 맞아요, "선 넘지 마라" 할 때 그 선이에요. 선을 긋는다는 건 비슷해 보이는 두 단어 사이에서 미묘한 차이를 감지하고, 차이를 중심으로 단어를 재정의한다는 뜻입니다. 국어사전 풀이를 뛰어넘어 스스로 단어에 뜻매김을 해보는 겁니다. 주관적이되 설득력이 있어야 합니다. 나의 경험과 사유를 재료 삼아 감각적으로 단어 사이에 질서를 세웁니다.

에릭 와이너는 그의 저서 《소크라테스 익스프레스》에서 '호기심'과 '궁금해하는 마음'이 어떻게 다른지 단어 사이에 선을 그었는데요.

> 호기심은 가만히 있질 못하고 늘 눈앞에 나타나는 다른 반짝이는 대
> 상을 쫓아가겠다며 위협한다. 궁금해하는 마음은 그렇지 않다. 그
> 마음은 오래도록 머문다. 호기심이 한 손에 음료를 들고 안락의자에
> 앉아 편안하게 발을 올려둔 것이 바로 궁금해하는 마음이다.[*]

운동화 끈을 질끈 동여매고 여기저기 돌아다니는 '호기심'과 몇 시간째 꿈쩍도 안 하고 생각에 잠긴 '궁금해하는 마음'이 그려지지 않나요? 글밥 코치도 비슷한 단어들을 찾아 선을 그어보았습니다.

1 의무 – 책임

의무와 책임, 비슷해 보이지만 두 단어 뒤에 '느낄 감(感)' 자를 붙이면 차이가 도드라진다. 의무감 앞에는 보통 전제가 붙는다. 사람이라면 마땅히, 선생이라면 마땅히, 대한민국 국민이라면 마땅히 느껴야 할 의무감이 존재하고, 코로나 시대에는 마땅히 마스크를 쓸 의무감을 느껴야한다. 반면, 책임감은 보통 긍정적인 가치를 일컬을 때 쓰인다. "너는 책임감이 참 뛰어난 아이구나", "책임감 있는 행동을 해라" 등. 같은 상황

---

[*] 《소크라테스 익스프레스》, 에릭 와이너 지음. 김하현 옮김. 어크로스, 2021.

을 놓고 비교해볼까.

· 나는 그에게 의무감을 느꼈다.
· 나는 그에게 책임감을 느꼈다.

전자가 어쩔 수 없이 멱살 잡혀 끌려가는 느낌이라면, 후자는 자발성이 엿보인다. 후자는 성실하고 반듯한 이미지다. 의무감이라는 단어에는 자발성이 소실돼 있다. 두 단어 사이에 '자발성'이란 선을 그어야겠다.

2 쌀떡 – 밀떡

쌀떡이 쫄깃하다면 밀떡은 졸깃하다. 씹었을 때 어금니에 착 감기는 쌀떡이 '은근한 포옹'이라면, 단면이 깔끔하게 끊어지는 밀떡은 '순간의 쾌감'이다. 물컹하고 씹는 순간 하나가 둘로 분절되니 말이다. 밀떡은 표면이 유막으로 코팅되어 있는 것처럼 아무리 졸여도 반질반질하고 쌀떡처럼 양념이 배지 않는다. 그러니 밀떡은 보통 국물 맛으로 밀어붙인다. 국물 떡볶이가 대부분 밀떡인 이유다. 쌀떡과 밀떡, 그 사이에는 '국물'이라는 붉은 해안선이 넘실거린다.

3 꼰대질 – 갑질

꼰대질과 갑질의 가장 큰 차이는 웃어넘길 수 있느냐이다. 개그맨 김대희가 '꼰대희'라는 캐릭터로 제2의 전성기를 누렸다. 꼰대는 한때 잘나가던 우리 아버지 모습 같다. 하루가 다르게 변하는 시대에 시대착오적인 행동은 분노를 일으키기보다는 오히려 안타까운 조소를 부른다. 반면, 갑질은 여전히 웃음 소재로 삼기 힘들다. 섣불리 건드렸다가는 비난이 봇물 터지듯 쏟아질 터. 깊숙한 곳에 감춰져 있는 인간의 폭력성, 누구도 그 판도라 상자를 열고 싶어 하지 않으니까. 꼰대질과 갑질 사이에는 '희화화'라는 시멘트벽이 굳게 막혀 있다.

두 단어는 어떤 점이 다를까 고민하면서 비교하고, 예를 들고, 궁극에는 둘을 가르는 기준선을 도출해내는 겁니다.

주의할 점은 선을 그어야 할 두 단어는 선을 그을 '필요성'이 있는 관계여야 한다는 점입니다. 물론, 그 필요성을 판단하는 기준마저 주관적이겠지만 보편타당성을 적용해보세요.

🖋 선이 필요 없는 관계

· **수박 – 참외**: 둘 다 '박과' 과일이지만 생김새와 맛이 확연히 다르다. 선이 분명하다.

- **아빠 - 엄마**: 부모님이지만 성별이 다르다.
- **산 - 바다**: 오히려 반대 개념으로 와닿는다.

✎ 선 긋기 적당한 관계
- **귤 - 오렌지**: 둘 다 감귤류 과일인데 생김새와 맛이 비슷하다.
- **정류소 - 정류장**: 다르게 표기하는 이유가 궁금하다.
- **미안하다 - 유감스럽다**: 불편한 마음을 뜻하는데 상황에 맞게 써야 한다.

자, 이제 당신의 어휘 근육량을 측정할 차례입니다. 선 긋기 적당한 관계의 두 단어를 떠올려보세요. 감이 잘 안 오면 위에 글밥 코치가 소개한 '선 긋기 적당한 관계'에서 골라도 됩니다. 둘 사이에 선을 그어봅시다. 앞의 활동을 참고하여 다음 밑줄 끝까지 글을 채워 써보세요. (쓰는 시간 10분, 약 8~9줄 분량)

선 긋기 평가 기준

· 시간이 넉넉했다: 어휘 근육이 꽤 발달한 상태

· 시간이 부족했다: 어휘 근육이 아직 부실한 상태

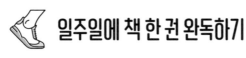

일주일에 책 한 권 완독하기

독서 근육량 측정

여기까지 PT를 충실히 해왔다면 문해력을 키우는 데 독서만큼 정 직하고 빠른 방법이 없다는 사실을 깨달았을 거예요. 오늘은 그동안 독서력이 얼마나 늘었는지 확인해보겠습니다.

본인이 책을 읽을 때 한 시간에 몇 장 정도 읽는지 알고 있나요? 물론, 책의 분야나 꼴에 따라 다르겠죠. 어려운 철학책과 술술 읽히 는 장르소설은 종이 넘어가는 속도가 다르죠. 같은 책이라면 '독서 력' 강한 사람이 그렇지 않은 사람보다 내용을 읽고 이해하는 속도 가 빠를 가능성이 높습니다. 그동안 누적된 독서 경험 덕분에 집중 력, 사고력, 이해력이 깊을 테니까요.

빨리 읽는다고 좋은 것도, 천천히 읽는다고 나쁜 것도 아닙니다. 그보다는 얼마나 제대로 이해하고 내 언어로 소화했는지가 중요합 니다. 날림으로 읽고 기억이 가물가물한 10권보다는 꼭꼭 되새김질 하여 삶에 적용하는 한 권이 훨씬 낫습니다.

의외로 내 독서 소요 시간이 얼마나 걸리는지 모르는 사람이 많습니다. 한 시간이면 보통 얼마나 읽는지, 한 권을 다 읽는 데 며칠이 걸리는지, 한 달에 아니 1년에 대략 몇 권을 읽는지조차 모릅니다. 내 상태를 정확히 알아야 수준에 맞는 독서 계획을 세울 수 있습니다.

독서력 체력장에서 완독에 걸리는 시간을 계산해보려고 합니다. 이번 체력장은 일주일에 걸쳐 측정하니 여유로운 마음으로 임하세요. 비문학 분야, 중간 난이도, 250페이지 내외의 책을 준비하세요. 이왕이면 평소 흥미가 있던 분야의 책을 골라야 완독에 성공할 가망이 높겠죠. 인문 분야 중간 난이도 책은 보통 시간당 30~40페이지, 빠른 사람은 100페이지를 읽기도 합니다. 나는 어느 정도인지 확인해보세요.

완독 목적: 나에게 맞는 책 고르는 법

1 서점에서 제목이 끌리는 책을 집는다

· 제목은 책의 얼굴이다. 책의 콘셉트와 정수가 녹아 있다.

· 늘 찾던 베스트셀러 코너를 벗어나 인문 / 사회 / 과학 / 예술 분야 쪽도 둘러보자.

· 부제도 꼼꼼히 살펴보자. 짧고 굵게 눈길을 끌어야 하는 제목보다는, 미처 담지 못한 메시지를 풀어 쓴 부제에 책의 중요한 정보가 담겨 있는 경우도 많다.

2 목차 구성을 살펴본 후 본문을 일부 읽어본다

· 장 구성과 세부 목차를 보면 본문이 어떤 흐름과 내용일지 감이 온다.

· 가장 어려워 보이는 부분을 열어서 한 장 읽어보자.

· 아래 예시를 참고해도 좋다.

  – 서재에 책 2만여 권을 소장한 다독가 이동진 영화평론가는 책을 고
  를 때 책 3분의 2 지점을 열어서 오른쪽 페이지(읽기 편한 시선)를 읽
  어보고 결정한다고 했다. 이유는 보통 작가들이 글을 쓸 때 가장 힘이
  빠지는 부분이라고(아니라고는 못하겠네요).

  – 문체를 중시하는 문유석 작가는 처음 30페이지 정도 읽어보고 재미
  있으면 사서 읽는다고 한다. "짜샤이* 가 맛있는 중식당은 음식도 맛
  있더라"며, '짜샤이 이론'이라 칭한다.**

3 서문을 읽어본다

· 작가의 기획 의도, 책의 전반적인 전개와 내용을 요약한 부분이니 나에
  게 필요한 책인지 아닌지 판단할 중요한 단서다.

적당한 책을 골랐으면 이제 꼼꼼하게 계획을 세울 차례입니다. 우

---

* 중국에서 나오는 채소의 일종인 착채(榨菜)를 절여서 만드는 반찬 '자차이'로, 우리나라에서는 보통 짜사이, 짜
샤이 등으로 불린다.

** 《쾌락독서》, 문유석 지음, 문학동네, 2018.

선, 하루에 책을 읽을 시간이 얼마나 있는지 파악해보자고요(더 이상 시간이 없다는 변명은 통하지 않습니다!).

예를 들어, 직장인이라면 출근길 지하철 30분, 점심시간 10분, 퇴근길 30분, 이렇게 하루에 70분씩 주 5일이면 다섯 시간 50분 동안 독서할 시간이 생깁니다. 육아에 치여 손에 책을 들 틈이 없는 엄마라면 아이가 깨기 한 시간 전에 일어나야 할지도 모르고요. 평일에 도저히 시간이 안 나면 주말에 몰아서 읽어도 되지만, 습관을 들이려면 운동처럼 매일 조금씩 꾸준히 읽는 편이 더 낫습니다.

자신을 너무 과신해서도 안 됩니다. 평소 일주일에 한두 번은 꼭 친구를 만나거나 다른 취미 생활을 하던 사람이라면 책을 읽겠다고 단번에 끊어내기는 힘들겠지요. 그럴 때는 월, 수, 금 주 3회 '독서의 날' 식으로 요일을 정해도 좋습니다.

책이 250페이지 분량이라고 가정하고, 완독 목표 계획의 예시를 들어보겠습니다.

구분	목표	목표 분량
꾸준한 독서가	아무리 바빠도 매일!	250 ÷ 주 7일 = 하루 35페이지 읽기
평일 독서가	주말은 쉬어야지~	250 ÷ 주 5일 = 하루 50페이지 읽기
주 3회 독서가	북라밸 ☺ (Book & Life Balance)	250 ÷ 주 3일 = 하루 83페이지 읽기

이 중 '평일 독서가'의 완독 스케줄 표를 한번 볼까요?

	월	화	수	목	금	**토**	**일**
목표 분량	처음~50	51~100	101~150	141~200	201~끝	쉬는 날	쉬는 날
읽었나요?	O	O	△	O	O		
메모			10p 부족, 내일 보충	보충 완료	**완독 성공!**		

매일 읽는다면 하루에 최소 30분, 주 5일 읽는다면 한 시간, 주 3일이라면 그 이상 시간을 내야 목표치를 달성할 거예요. 이틀 정도 테스트를 해보면서 평균 독서 소요 시간을 계산하고 남은 분량 하루 목표를 세밀하게 수정해보세요.

당일 목표 분량 페이지마다 날짜가 적힌 인덱스 스티커를 붙여서 표시해두는 꼼꼼한 독서가도 있더군요. 동기부여가 더욱 잘되겠죠? 글밥 코치는 '아무리 바빠도 매일' 읽는 꾸준한 독서가입니다. 어떻게 그게 가능하냐고요? 시간이 빠듯한 날에는 한 페이지만 읽는 거예요. 아예 안 읽는 것과 그럼에도 읽는 것은 다르니까요. 어른의 문해력에는 흐름을 끊지 않으려는 고투가 뒤따라야 합니다.

1. 일주일 안에 책 한 권 여유롭게 완독했고, 충분히 이해했다!

→ 독서력이 충만합니다. 5일에 한 권 읽기 도전해볼까요?

2. 일주일 안에 책 한 권 겨우 완독, 반 정도 이해

→ 점점 더 좋아질 거예요. 계속 유지해봅시다.

3. 일주일 안에 책 한 권 읽기 실패

→ 괜찮아요. 2주에 한 권을 목표로 다시 시작합시다.

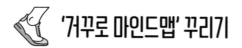

'거꾸로 마인드맵' 꾸리기

하얀 종이 한가운데 탐스러운 사과 하나를 그립니다. 가지 하나가 돋아나 그 위에는 '빨갛다'를 쓰고, 또 다른 가지에는 '과일'이라는 단어를 올려봅니다. 생각의 가지가 방사형으로 뻗어나갑니다. 맞아요, 여러분이 한 번쯤 그려보았던 마인드맵입니다. 글밥 코치도 이 책을 쓰면서 마인드맵을 활용하여 목차를 정리했답니다.

마인드맵은 생각의 흐름을 직관적으로 나타냅니다. 실타래처럼 복잡하게 엉킨 생각 덩어리를 풀어서 보여주니까요. 상·하위 개념을 조직하기 좋아 개요를 짤 때도 편리합니다. 마인드맵으로 짠 뼈대에 살을 붙여서 글을 완성합니다. 논리가 중요한 글을 쓸 때 논제가 다른 길로 새지 않게 울타리를 만들어주는 역할을 합니다. 기승전결을 살리거나, 분량 조절을 할 때도 유용합니다.

오늘은 마인드맵을 역으로 활용해보겠습니다. 완성 글을 읽고 마인드맵으로 그려보는 것이죠. 글에서 구조만 도려냅니다. 생선을 먹을 때처럼 살은 싹 발라 먹고 뼈대만 남겨보세요. 글 속에 숨어 있는 뼈대를 꿰뚫어 보는 구성 능력을 키웁니다.

글밥 코치가 칩 히스·댄 히스의 《자신 있게 결정하라》를 읽고 쓴 서평 일부입니다. 글을 읽고 '거꾸로 마인드맵'을 꾸려보겠습니다.

결정을 할 때마다 힘들어하는 친구가 있었다. 가령 오늘 점심 메뉴를 고를 때.

점심시간 두 시간 전

김우유: 오늘 점심은 순대국밥 어때? 카레도 좀 당기고… 어떻게 하지?

이부단: 아직 점심 먹으려면 시간이 좀 남았으니까 그때 끌리는 걸로 해. 난 둘 다 좋아.

대망의 점심시간

이부단: 뭐 먹을지 정했어?

김우유: 순대국밥 먹은 지 너무 오래된 듯. 그거 먹자.

순대국밥집

이부단: 메뉴판 외우니?

김우유: 일반이랑 얼큰 중에 뭐 먹지, 고민되네.

이부단: 어제 술 마셨다며? 얼큰한 거 먹어.

김우유: 오, 천잰데?

얼큰순대 한입 먹더니

김우유: 에잇, 카레나 먹을걸.

다행히도 나는 매일 먹는 밥 한 끼에 크게 고민하진 않는 편이다. 그런데 살다 보면 중요한 결정을 내려야 하는 순간이 종종 찾아온다. 덜 중요한 결정일지라도 작은 결정이 모여 방향을 크게 바꾸는 일도 꽤 많다. 무언가를 '결정'할 때 후회하지 않으려면 어떻게 해야 할까? 칩 히스·댄 히스의 저서 《자신 있게 결정하라》에서 그 해법을 찾아보자. 이 책은 결정을 힘들어하는 사람들에게 추천하며 취업이나 결혼처럼 중대한 결정을 앞둔 사람, 하는 일마다 후회가 가득한 사람들에게 동아줄이 될 것이다.

저자는 올바른 결정을 내릴 때 방해가 되는 함정을 밝히고, 선택을 할 때 주의해야 할 점과 중시해야 할 점을 피력한다. 이 책을 읽으면서 나 역시 쓸데없는 고민으로 시간을 버리고, 확증 편향(답을 정해놓고 그에 부합하는 조건만 찾는 행위)에 빠져 잘못된 결정을 내리는 어리석은 인간임을 깨달았다. 우리가 쉽게 빠지는 결정의 함정을 정리해보았다.

첫 번째 함정, "둘 중에 하나만 골라야 한다?"이다. 저자는 두 마리 토끼를 다 잡으라고 말한다. 순대국밥과 카레 중에서 꼭 하나를 골라야 한다는 편견이 문제의 시작이다. 두 가지를 모두 맛볼 수 있는 푸드 코트에 가서 두 메뉴를 시킨 뒤 나누어 먹는 방법이 있다. 선택지를 넓혀보는 건 어떨까? 술을 마셨으니 콩나물해장국이나 굴국밥을 후보에 넣었으면 보다 만족스러운 결정을 내렸을지도 모른다. 저자는 이사 갈 집을 고를 때나, 채용 면접을 볼 때 '아주 마음에 드는 두 개의 선택지'가 나올 때까지는 후보를 두루 살펴보라고 권유한다. 확증 편향에 빠지지 않도록 말이다.

두 번째 함정은 "고민을 오롯이 내 안에서만 해결해야 한다"고 믿는 것이다. 책에 나오는 수영복 신소재 개발 사례가 인상 깊었다. 전신 수영복이 등장하기 전, 많은 기업이 물의 저항을 덜 받는 신소재를 개발하려고 애를 썼다고 한다. 마침내 한 기업이 수영 기록을 획기적으로 단축하는 신소재를 개발했는데 바로 '상어 피부'에서 아이디어를 얻었다고. 무언가를 더 빠르게 만들려면, 빨리 움직이는 것들에 시선을 돌려야 한다고 판단한 것이다. 물속에서 빨리 헤엄치는 상어의 피부를 관찰하다가 비늘 모양이 한쪽으로만 향해 있음을 발견했는데, 진행 방향의 반대 방향에서 오는 물살을 막아주는 원리였다고 한다. 이처럼 우리는 고민이 될 때 비슷한 맥락의 상황이나 선례에서 힌트를 얻을 수 있음을 기억하자.

세 번째 함정, "지금 당장 모든 것을 결정해야 한다?"이다. 저자는 중대한 결정을 하기 전에 가설을 검증해보는 몇 차례 작은 실험, '우 칭(Ooching)'을 권한다. 쉽게 말해 발가락만 우선 담가보라는 거다. 진로를 결정할 때, 직감이나 풍문에만 의존하지 말고 직접 그 분야에서 아르바이트라도 해보고 적성에 맞는지 느껴보라는 것이다. 위험 부담을 안고 이사를 멀리 가야 한다면 당장 집을 살 게 아니라, 몇 달 간만 월세로 살면서 정말 살기 괜찮은 곳인지 미리 경험해보고 사도 늦지 않다는 것이다.

감정에 휘둘리지 않고 선택을 하는 명쾌한 방법도 있다. "만일 나와 가장 가까운 친구가 같은 상황에 처했다면 나는 뭐라고 조언할까?"
하고 스스로에게 질문을 던져보는 것이다.

이처럼 이 책은 우리가 중요한 선택 앞에 놓였을 때 좀 더 자신 있게
결정하도록 도움을 주는 다양한 방법을 소개한다. 어떤 결정을 할 때
분석에만 몰두하지 말고, 분석하는 과정에 함정은 없는지 잘 살펴
보라는 것. 철저한 과정을 거쳤다면 더 이상 찜찜해하거나 망설이지
말고 자신 있게 밀고 나가면 된다. 그 자신감에는 근거가 충분했으
니까!

이 서평을 '거꾸로 마인드맵'으로 그려볼까요?

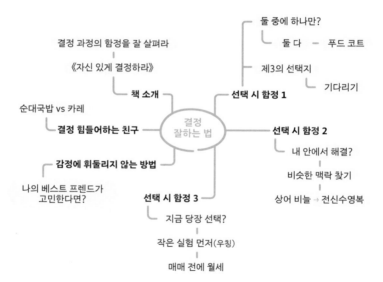

글의 구조와 주제가 한눈에 들어오죠? 하얀 A4용지를 가로로 펼쳐놓고 손으로 직접 그려도 좋습니다. 디지털이 더 익숙하다면 인터넷에서 마인드맵 프로그램을 검색하여 설치합니다. 글밥 코치는 '알마인드'를 사용합니다.

🖋 거꾸로 마인드맵을 꾸려보자!

지금 책장에서 책 한 권을 뽑아보세요. 약간 난이도가 있는 인문·사회 분야 책이 좋겠네요. 이미 읽은 책도 좋습니다. 펼쳐서 한 꼭지를 읽어봅니다. 이때 중요 단어나 문장에 표시를 해두면 더 좋겠죠. 핵심만 쏙쏙 꺼내서 마인드맵으로 정리해보세요.

거꾸로 마인드맵 평가 기준

· 아주 쉬웠다: 1단계

· 쉬웠다: 2단계

· 할 만했다: 3단계

· 어려웠다: 4단계

· 도통 모르겠다: 5단계

4, 5단계라면 아직 구성 근육량이 충분하지 않은 상태입니다. 앞으로도 다양한 글을 읽고 나만의 언어로 소화하는 훈련을 꾸준히 지

속합니다. 여러 번 반복하다 보면 글의 구성이 보이기 시작할 거예요. 구성이 보이면 독해가 한결 쉬워집니다. 탄탄한 글을 쓰는 건 물론이고요.

칼럼 읽고 다른 사람에게 설명하기

가장 효과적인 공부법은 누구를 가르치는 것이라고 하죠. 멀리서 찾을 필요도 없이 글밥 코치가 산증인입니다. 혼자서 글을 쓸 때는 손 가는 대로 초고를 쓰고 퇴고를 하면서 거슬리는 부분만 고치면 됐습니다. 하지만 사람들에게 글쓰기를 가르치고 잠재력을 끌어내야 하는 코치 입장은 달랐습니다. '이 문장은 왜 별로인지', '무엇 때문에 잘 안 읽히는지', '이 구성은 왜 지루한지'를 설명해주려면 '느낌'이 아닌 합리적인 이유와 근거가 필요했으니까요.

특정 주제를 상대방에게 설명할 정도가 되려면, 외우는 것으로 부족합니다. 속속들이 내용을 통달해야 매끄럽게 말이 나옵니다. 눈으로 읽었을 때는 다 아는 것 같아도 막상 설명하라고 하면 입이 얼어버린 적이 있을 거예요. 우리는 우리가 안다고 믿는 것보다 훨씬 덜 알고 있습니다.

미국의 한 연구에 따르면, 서로 설명하기 〉 직접 해보기 〉 집단 토의 〉 시범 강의 보기 〉 시청각 수업 〉 읽기 〉 강의 듣기 순으로 학습 효율이 높았다고 합니다. 여기서 학습 효율이란 특정 방법으로 공부를 하고 24시간 뒤 기억에 남아 있는 비율을 뜻하는데요.

평균 기억률

5%	강의 듣기
10%	읽기
20%	시청각 수업
30%	시범 강의 보기
50%	집단 토의
75%	직접 해보기
90%	서로 설명하기

*출처: 미국의 행동과학연구소(NTL, National Training Laboratories)

학습 효율성 피라미드

수동적으로 듣고 보는 학습이 아닌, 직접 참여하거나 말하는 학습의 효율이 높았습니다. 내 것으로 만들려면 입력보다는 출력이 더 효과적이라는 것이죠.

모두가 글쓰기 코치가 되어야 한다는 뜻은 아닙니다. 매일 주위 사람과 대화를 하잖아요. 이번 주에 내가 새롭게 얻은 지식을 대화

5장 문해력 체력장

주제로 삼아 설명하는 거예요. 말하면서 머릿속 내용을 한 번 더 떠올리고 정리하니 더 깊이 각인됩니다. 마치 수업이 끝나고 복습을 하는 것처럼요.

예를 들어, 오늘 아침에 신문을 읽다가 행동경제학에서 널리 쓰이는 개념인 '넛지(Nudge)'를 알게 됐어요. 점심시간에 회사 동료나, 또는 저녁에 엄마와 식사하면서 이렇게 말해보는 거예요.

A: 넛지라고 들어봤어?

B: 들어는 봤는데 무슨 뜻인지 정확히는 모르겠어.

A: 예를 들면 이런 거야. 어떤 회사에서 직원들의 비만 문제를 해결하고 싶다고 해봐. 그러면 "채소를 많이 먹어야 건강합니다"라고 백날 캠페인을 하는 것보다, 구내식당 배식구 앞에 "식판에 다섯 가지 채소를 담아보세요" 하고 붙여놓는 게 더 효과적이래. 공원 쓰레기통을 펭귄이나 코끼리처럼 귀여운 동물 모양으로 만들어놓는 이유도 있어. 은근슬쩍 시선을 끌어 길가가 아닌 쓰레기통에 버리도록 유도하는 거지. 강요는 하지 않되 상대방도 모르는 사이에 행동하게 만드는 게 바로 넛지야.

상대방에게 존경의 눈빛을 받는 건 둘째 치고(부디 경멸의 눈빛이 아니길), 가장 혜택을 입는 건 바로 나 자신입니다. 상대방은 새로운 정보를 습득하니 좋고, 나는 다시 한번 내 입으로 설명하면서 희미

해지는 기억과 개념을 일깨우니까요. 아련했던 넛지가 부활하여 뇌의 장기기억 저장소로 넘어갑니다.

학습한 내용을 상대에게 설명하면 이로운 점은 또 있습니다. 제대로 이해하지 못한 부분이 무엇인지 스스로 확인하기 때문인데요. 자신 있게 "그게 뭐냐면!"하고 말을 꺼냈는데 중간에 버벅거리거나, 상대방이 재질문을 했을 때 설명이 막히는 부분이 생기기도 합니다. 그렇게 내가 아는 부분과 모르는 부분이 무엇인지 깨닫습니다. 만약 입 밖으로 꺼내지 않았다면 어땠을까요? 영원히 안다고 자만하다가 어느새 스르르 머릿속에서 휘발되겠죠.

스스로 설명할 수 있어야 진짜 내 것입니다. 제대로 이해했다면 말로, 글로 표현할 정도가 되어야 합니다. 종합적인 문해력을 측정하는 방법은 결국, 이해한 바를 설명할 수 있느냐로 가름합니다.

글쓰기와 말하기의 달인, 강원국 작가님의 칼럼 일부를 소개합니다. 피가 되고 살이 되는 내용이니 주의 깊게 읽어보세요. 오늘 만난 친구, 가족에게 어떤 내용이었는지 설명해주는 겁니다.

글 읽는 시간은 15분. 시간이 넉넉하니 꼼꼼하게 읽고 이해하려고 노력합니다. 중요한 부분은 따로 메모하거나 키워드를 도식화하며 정리해도 좋습니다.

생각을 대하는 자세가 중요하다

생각은 두 종류다. 처음 든 생각(직감)과 다듬어진 생각이다. 글을 잘 쓰려면 둘 다 필요하다. 직감이 유용하게 쓰일 때가 있다. 중·고등학교 시험 볼 때 처음 찍었던 것이 맞았던 경험이 바로 그렇다. 사람에게는 컴퓨터에도 없는 능력이 있다. 예를 들면 이런 것이다. 당신 아내가 세계에서 아홉 번째로 예쁘냐고 물으면, 나는 단호하게 '아니다'라고 대답한다. 그러나 컴퓨터는 미인의 기준을 정해 전 세계 여성들의 등수를 매겨본 후에야 아니라고 말한다.

글을 쓸 때도 이 능력이 작동한다. 정교한 정도나 설득력 수준은 다를 수 있지만, 누구에게나 떠오르는 건 있다. 조금 더 생각해보면 그게 떠오른 이유까지 떠오른다. 그것을 쓰면 된다. 직감을 믿고 쓰기 시작하면 된다. 어린아이가 엄마 얼굴을 그릴 때 동그라미부터 그리고 시작하는 것과 같다.

이렇게 직감, 직관으로 쓰기 시작하는 글이 있는가 하면 이미 있는 생각을 다듬어 쓰는 방법도 있다. 학창 시절 모르는 문제를 풀 때 생각하는 바로 그것이다. 나는 왜 이것이 답이라고 생각하느냐고 물어보면 나는 뭐라 답할까. 바로 내게 떠오른 생각을 고민한 것이다. 인간은 동물과 달리 자기 생각에 대한 생각을 한다. 내 생각을 확인하고 평가한다. 생각을 객관화하여 볼 수 있는 능력이 있다.

이 방식은 탐색, 확장, 평가, 선택의 과정을 거친다. 하나의 생각을 만들기 위해 이것저것을 보고 들으며 탐색한다. 그러면 무언가 떠오른다. 떠오른 생각에 새끼를 친다. 모든 가능한 생각을 소환한다. 생각을 확장하는 것이다. 확장해서 만들어진 생각을 목적, 가치, 수단의 측면에서 평가한 후 최선의 생각을 선택한다. 그리고 그렇게 선택한 근거, 이유를 붙인다. 글은 이때 써진다. 평가와 선택이라는 응축 단계에까지 이르러야 제대로 된 글이 나온다. 탐색 단계에서 쓰면 설익고, 확장 단계에서 쓰면 자기 생각이 아니어서 날아다닌다.

그러나 안타깝게도 우리 뇌는 생각하는 것을 싫어한다. 최대한 적게 생각해서 문제를 해결하려는 경향을 지니고 있다. 심리학에서는 이를 '인지적 구두쇠'라고 표현한다. 어떻게 하면 이런 뇌를 잘 다스려 생각하게 할 것인가. 먼저, 생각을 대하는 자세가 중요하다.

▲ 목표가 분명해야 한다. 답을 찾겠다는 절박함이 없으면 생각은 나지 않는다. ▲ 자기 문제로 여겨야 한다. 내 일이 아니라고 생각하면 내 생각은 없다. ▲ 나의 안과 밖에 내가 찾는 생각이 반드시 있다고 확신한다. ▲ 내가 알고 있는 것이 답이 아닐 수 있다고 인정한다. 그래야 편견에 빠지지 않는다. ▲ 내가 알고 있는 내용이 틀릴 수도 있다고 의심한다. 사실 확인(Fact Finding)이 반드시 필요하다. 아무리 확신이 들어도 원점에서 확인해야 한다. 잘못하면 거꾸로 반격당한다.[*]

다 읽고 내용 이해가 됐다면, 이제 가족이나 친구에게 설명해보

---

[*] "생각 안 나면 '옛날식 다방'에 들어가 보라", 〈강원국의 글쓰기〉 칼럼, 오마이뉴스, 2018.4.27.

세요. 막힘없이 술술 나오는지, 막혔다면 어느 부분에서 막혔는지도 확인해두고요. 설명을 마치고 물어보세요. 내용 이해가 잘됐는지, 헷갈리는 부분은 없었는지. 역으로 다시 나한테 설명해보라고도 부탁해보세요. 상대방의 문해력도 높여주면 좋잖아요!

함께할 만한 동료가 주변에 없다고요? 나와 가장 친한 친구인 '나'에게 물어보면 되죠. 소리 내서 중얼거리지 않아도 마음속으로 늘 내면의 나와 대화를 하잖아요. '지하철을 탈까, 버스를 탈까?' 두 다리 튼튼한 내가 나에게 묻습니다. '아냐, 역시 내 차가 편하겠어.' 게으른 내가 대답하잖아요.

내면의 대화를 하는 사람의 뇌 활동을 영상으로 찍어보니 실제로 다른 사람과 이야기를 나누는 것처럼 좌측 대뇌반구 언어영역이 활성화됐다고 합니다. 타인과 함께 있을 때 활성화되는 우측 대뇌반구의 측두엽과 두정엽 사이 영역도 활발해졌고요. 즉, 자신과의 대화도 뇌는 '진짜 대화'처럼 느낀다는 것입니다.*

그러니 나에게 설명해보세요. 글밥 코치가 떠올리기 쉽게 질문해줄게요. 단, 얼렁뚱땅 넘어가는 부분이 없게 '입으로 소리 내어' 대답해보세요.

---

*〈성취하는 뇌〉, 마르틴 코르테 지음, 손희주 옮김, 블랙피쉬, 2020.

1. 필자는 '생각은 두 종류'라고 했는데요. 서로 어떻게 다른가요?

2. 글을 쓸 때 직감으로 시작하는 방법, 다듬어 쓰는 방법이 있다고 말하며 각각 어떤 예시를 들었나요?

3. 내 생각을 객관화할 때 네 가지 과정을 거치는데 무엇인가요?

4. 생각을 싫어하는 뇌를 잘 다스리려면 어떤 자세를 가져야 하나요?

글 설명하기 평가 기준

· 상대방이 제대로 이해했다: 100점(만점)

· 상대방이 일부만 이해했다: 80점

· 상대방이 거의 이해 못 했다: 50점

· 설명조차 제대로 하지 못했다: 0점

↯ 50점 이하는 문해력을 높이는 데 많은 노력을 기울여야 합니다. 일주일 쉬었다가 재훈련에 들어갑시다!

요점을 정리해서 말하는 습관

내용을 제대로 전달한 것 같은데 상대방이 이해하지 못했다면 나의 '전달력'에 문제가 있을지도 모릅니다. 나도 모르게 이야기가 다른 길로 빠져 지엽적인 부분을 정성껏 설명한다거나 중언부언하면 상대방은 참을성을 빠르게 잃고 주의집중력이 흐트러지기 마련입니다.

　중요한 부분, 결론부터 말하는 습관을 들여보세요. '첫 번째는~', '두 번째는~', '마지막으로~'와 같이 말머리를 붙이는 것도 귀를 기울이게 만드는 방법입니다. 상대방이 지루해질 때쯤 한 번씩 환기하고 다음을 듣게끔 마음의 준비를 시키는 효과가 있죠.

　잘 읽고 쓰고 말하는 능력, 즉 문해력을 키우려고 하는 이유는 결국 주위 사람들과 원활하게 소통하고 싶은 욕망의 반영일 겁니다. 인간이란 끊임없이 인정받고 이해하고 싶어 하는 존재니까요. 문해력 PT를 완주하고 앞으로도 손에서 책을 놓지 않을 당신은 한결 풍요로운 삶을 누리게 될 거예요.

문해력 PT로 생활 습관을 바꿔보세요
어른답게 읽고 쓰게 됩니다, 분명히!

글밥 코치가 글쓰기 모임 회원들에게 물었습니다. "과거에 본인이 문해력이 떨어지는구나 하고 느꼈던 순간이 있나요?" 한 분이 이런 대답을 하시더군요.

"저는 제품 사용 설명서나 취급 주의 사항을 거의 안 읽는 편이었어요. 진부하고 이해가 잘 안되는 내용이 많아서 제품을 사고 나면 주의 사항 종이는 바로 버리는 습관이 있어요. 한번은 스타벅스 콜드컵을 선물받았는데요. 녹차를 우리려고 콜드컵에 뜨거운 물을 부었다가 컵이 녹아버리고 말았어요."

'문해력을 좀먹는 건 습관이구나'를 느끼는 순간이었습니다.

습관은 힘을 들이지 않아도 무의식적으로 나오는 행동을 뜻하죠. 일상을 사는 데 꼭 필요한 요소입니다. 이를테면 습관이 없으면 매일 아침 양치를 할 때마다 매뉴얼을 꺼내서 ① 칫솔을 든다, ② 치약을 칫솔 위에 반만큼 짠다. ③ 윗니에 솔을 대고 위에서 아래로 문지른다… 따위를 매번 확인해야 할 테니까요. 정신과 육체 피로는 줄이고 생산성을 높이려는 뇌의 생존 전략인 것이죠.

하지만 문해력을 키우려면 내가 무심코 하는 행동, 습관을 잘 들여다보아야 합니다. 복잡하고 어렵다며 "패스!"를 외친 것들이 무엇인지 점검해보세요. 시간이 나면 당신이 하는 일은 대체로 무엇인지, 자주 찾아가는 장소가 어디인지 살펴보세요. 정답은 내 생활 습관 안에 있습니다.

문해력 PT를 수개월 이상 훈련하면서 독서 습관뿐만 아니라 생활 습관까지 바뀌었다는 분들의 고백을 들어보세요.

나는 부끄럽지만 에세이 한 권도 완독이 어려운 사람이었다. 하지만 문해력 PT를 하면서 철학책과 인문학책을 완독했다. 아이들 어린이집 등원이 아침 7시라 일을 끝내고 집에 돌아오면 집안일을 하느라 도저히 시간이 없어 새벽 5시 기상을 시작했다. 다이어리에 읽어야 할 페이지를 적은 뒤 성공한 날에는 동그라미 치며 책을 읽었다. 중요한 건 책을 읽는 속도가 아니라, 단 한 문장이라도 의미 있게 읽으면 된다는 걸 알았다.

문해력 PT 13개월 훈련 전연숙

이게 바로 책을 뽀개는 방법이구나! 지금까지 책을 설렁설렁 읽어왔다는 것을 깨달았다. 기록 없이 책을 흘려보냈다. 다독이 최고라며 한 달에 여덟 권 읽기도 했다. 그때 읽은 책들은 기억에 거의 남아 있지 않다. 전에는 읽는 데 급급했다면 지금은 깊숙이 들여다보려고 한다. 책을 계속해서 곱씹고 문장을 기억에 남기고, 내 인생에 어떻게 적용할지 고민한다. 예전이라면 이런 생각조차 못 했을 텐데 내 안에서 다양한 생각이 생기는 게 신기하고 좋다.

문해력 PT 6개월 훈련 서진아

문해력 PT를 하면서 두 가지 좋은 습관이 생겼다. 첫 번째, 눈으로만 읽지 않고 다양한 방법으로 읽는다. 처음엔 글밥 코치가 매일 제시하는 책 읽는 방법을 어떻게 적용해야 할지 막막했는데 여러 번 반복하면서 방향이 잡히기 시작했다. 그렇게 읽으면 책 내용이 마음과 머리에 남아 내 생각을 덧입힐 수 있다. 두 번째, 출근 준비하면서 뉴스를 틀어놓는다. 복잡한 세상 편하게 살자며 세상에 무심했던 나를 반성하게 됐다.

문해력 PT 5개월 훈련 한지혜

책을 읽다가 모르는 단어, 정보를 찾기 시작했다. 그전까지는 앞뒤 문맥이 이해가 되면 대충 넘어가거나 어려운 말이 많이 나오는 책은 내 수준이 못 미치는구나 하고 덮어버렸다. 책은 아무 때나 읽을 수 있는 거라고 착각했는데 얼마나 귀한 시간인지 매일 시간을 내면서 느꼈다.

문해력 PT 5개월 훈련 오현옥

시간 나면 드라마 보고 영화 보는 걸 좋아하는, 그나마도 아이들 한참 키우는 동안에는 불가능했던, 평범한 아줌마였다. 전문용어가 많이 들어간 책이나 번역서를 읽을 때 어휘력도 달리고 이해가 어려웠다. 그랬던 내가 독서와 글쓰기를 몇 개월째 이어온 것 자체가 기적에 가깝다. 작년 한 해는 문해력 PT를 빼놓고 이야기할 수 없을 만큼, 쉼 없이 책 읽고 글 쓰며 전혀 다른 세상을 살아보았다. 그리고 좋은 에너지를 '글'을 통해서도 얻을 수 있다는 것을 알았다.

문해력 PT 8개월 훈련 송남수

철창 틈에 낀 팔을 빼내려면 주먹 안에 쥔 초콜릿부터 내려놓아야 합니다. 달콤한 유혹을 움켜쥔 채 내가 바라는 걸 전부 이루고자 하는 건 욕심이죠. 철창에서 손을 빼내는 순간 알게 될 거예요. 초콜릿보다 더 풍미가 있고 몸에 좋은 음식이 세상에 널려 있다는 사실을요.

나이만 많은 어른이 되지 않으려고 문해력 PT를 선택한 당신께 박수를 보냅니다. 앞으로도 어른답게 읽고 쓰고 소통하기를, 글밥 코치가 마음을 담아 응원하겠습니다.

참고자료

· "States of Curiosity Modulate Hippocampus-Dependent Learning via the Dopaminergic Circuit", Matthias J. Gruber et al., 〈Neuron〉, vol.84, no.2, 2014.

· "생각 안 나면 '옛날식 다방'에 들어가 보라", 〈강원국의 글쓰기〉 칼럼, 오마이뉴스, 2018.4.27.

· 《EBS 당신의 문해력》, 김윤정 글·EBS 〈당신의 문해력〉 제작팀 기획, EBS BOOKS, 2021.

· 《Mosaic of Thought》, Ellin Oliver Keene and Susan Zimmermann, Heinemann, 1997.

· 《감옥으로부터의 사색》, 신영복 지음, 돌베개, 2018.

· 《나도 한 문장 잘 쓰면 바랄 게 없겠네》, 김선영 지음, 블랙피쉬, 2021.

· 《누구나 카피라이터》, 정철 지음, 허밍버드, 2021.

· 《당신이 꽃같이 돌아오면 좋겠다》, 고재욱 글·박정은 그림, 웅진지식하우스, 2020.

· 《명상록》, 마르쿠스 아우렐리우스 지음, 박문재 옮김, 현대지성, 2018.

· 《문해력 공부》, 김종원 지음, 알에이치코리아(RHK), 2020.

· 《불량 판결문》, 최정규 지음, 블랙피쉬, 2021.

· 《성취하는 뇌》, 마르틴 코르테 지음, 손희주 옮김, 블랙피쉬, 2020.

· 《소크라테스 익스프레스》, 에릭 와이너 지음, 김하현 옮김, 어크로스, 2021.

· 《수능국어 비문학 독본 1-인문 100선》, 차마고도 편저, 자우공부, 2012.

· 《슬픔이 주는 기쁨》, 알랭 드 보통 지음, 정영목 옮김, 청미래, 2012.

· 《아무튼, 떡볶이》, 요조 지음, 위고, 2019.

· 《어떻게 살 것인가》, 유시민 지음, 생각의길, 2013.

· 《어린이라는 세계》, 김소영 지음, 사계절, 2020.

· 《언제 할 것인가》, 다니엘 핑크 지음, 이경남 옮김, 알키, 2018.

· 《여덟 단어》, 박웅현 지음, 북하우스, 2013.

· 《여우비 도둑비》, 김이삭 글·이순귀 그림, 가문비어린이, 2015.

· 《오늘 서강대교가 무너지면 좋겠다》, 김선영 지음, 유노북스, 2020.

· 《왜 나는 너를 사랑하는가》, 알랭 드 보통 지음, 정영목 옮김, 청미래, 2007.

· 《우리는 왜 잠을 자야 할까》, 매슈 워커 지음, 이한음 옮김, 열린책들, 2019.

· 《이기적 유전자》, 리처드 도킨스 지음, 홍영남·이상임 옮김, 을유문화사, 2018.

· 《인생의 계절》, 윤성용 지음, 스토너, 2021.

· 《읽어도 도대체 무슨 소린지》, 크리스 토바니 지음, 송제훈 옮김, 연암서가, 2020.

· 《자신 있게 결정하라》, 칩 히스·댄 히스 지음, 안진환 옮김, 웅진지식하우스, 2013.

· 《쾌락독서》, 문유석 지음, 문학동네, 2018.

· 《타이탄의 도구들》, 팀 페리스 지음, 박선령·정지현 옮김, 토네이도, 2020.

· 《한 번에 되지 않는 사람》, 김경호 지음, 허밍버드, 2021.

· 〈2021년 국민 독서실태 조사〉, 문화체육관광부, 2021.

· 〈국민이 이해하기 어려운 한자어 공문서에서 퇴출〉, 행정안전부 보도자료, 2019.3.4.

· 〈국제 성인역량 조사(PIAAC, Program for the International Assessment of Adult Competencies)〉, 경제협력개발기구(OECD), 2013.

· 〈국제 학업성취도 평가 연구(PISA, Programme for International Student Assessment)〉, OECD, 2018.

· 〈표준국어대사전 연구 분석〉, 국립국어연구원, 2002.

어른의 문해력

2022년 05월 19일 초판 01쇄 발행
2023년 12월 05일 초판 11쇄 발행

지은이 김선영

발행인 이규상 편집인 임현숙
편집팀장 김은영 책임편집 정윤정 교정교열 김화영
기획편집팀 문지연 강정민 정윤정
마케팅팀 이순복 강소희 이채영 김희진
디자인팀 최희민 두형주 회계팀 김하나

펴낸곳 (주)백도씨
출판등록 제2012-000170호(2007년 6월 22일)
주소 03044 서울시 종로구 효자로7길 23, 3층(통의동 7-33)
전화 02 3443 0311(편집) 02 3012 0117(마케팅) 팩스 02 3012 3010
이메일 book@100doci.com(편집·원고 투고) valva@100doci.com(유통·사업 제휴)
포스트 post.naver.com/black-fish 블로그 blog.naver.com/black-fish
인스타그램 @blackfish_book

ISBN 978-89-6833-376-7 03800
ⓒ김선영, 2022, Printed in Korea